鬼迷刃客
作者◎米高貓

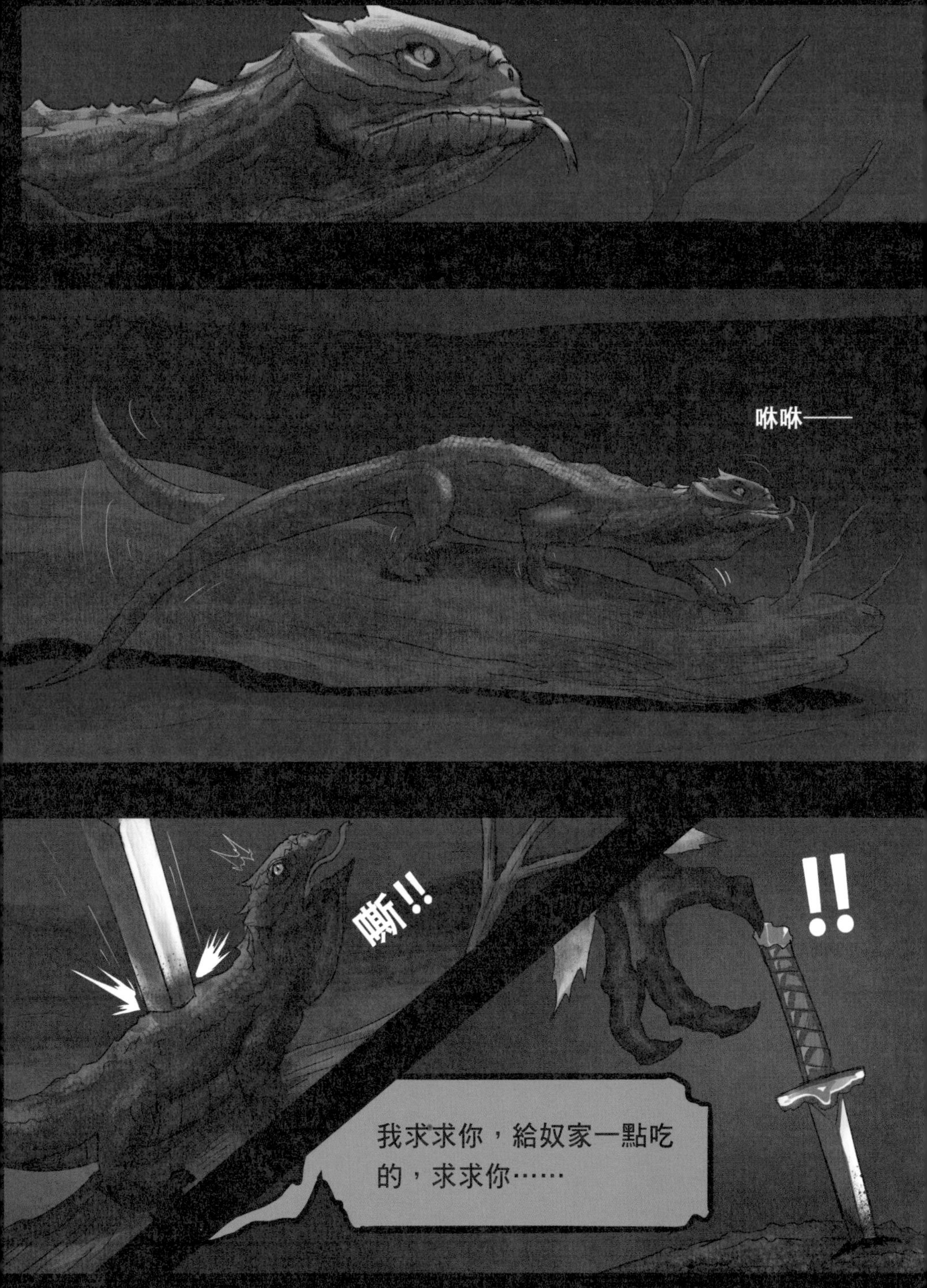
咻咻——
嘶!!
!!
我求求你，給奴家一點吃的，求求你……

奴家真的
好餓……
行啊，
你來這個。

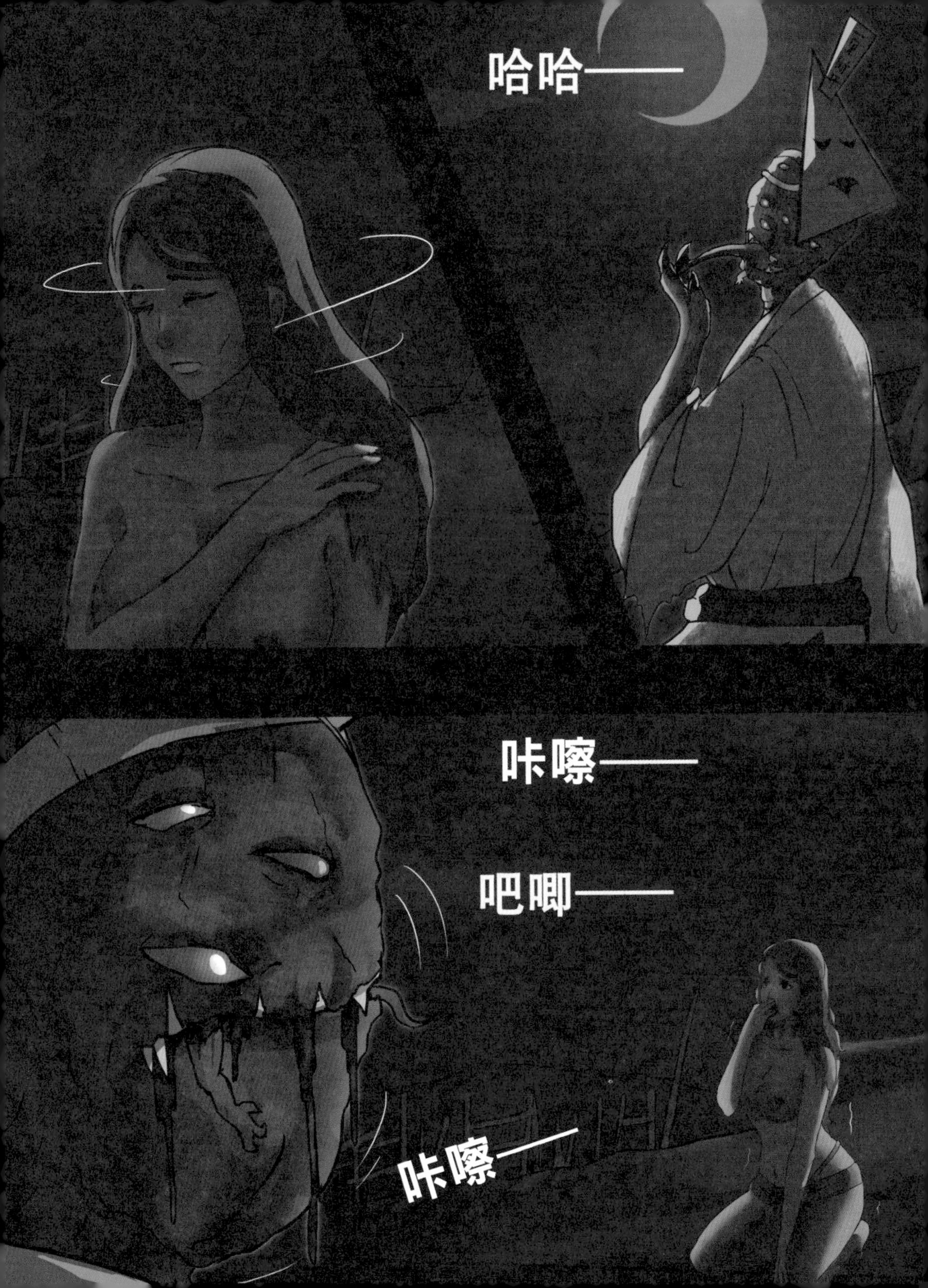
哈哈——
咔嚓——
吧唧——
咔嚓——

喂，你Ｙ好了沒有？
催啥子催嘛，快好了！
老子先進那邊的破廟，你一會兒進來。
跟上！別磨磨蹭蹭的！
成！

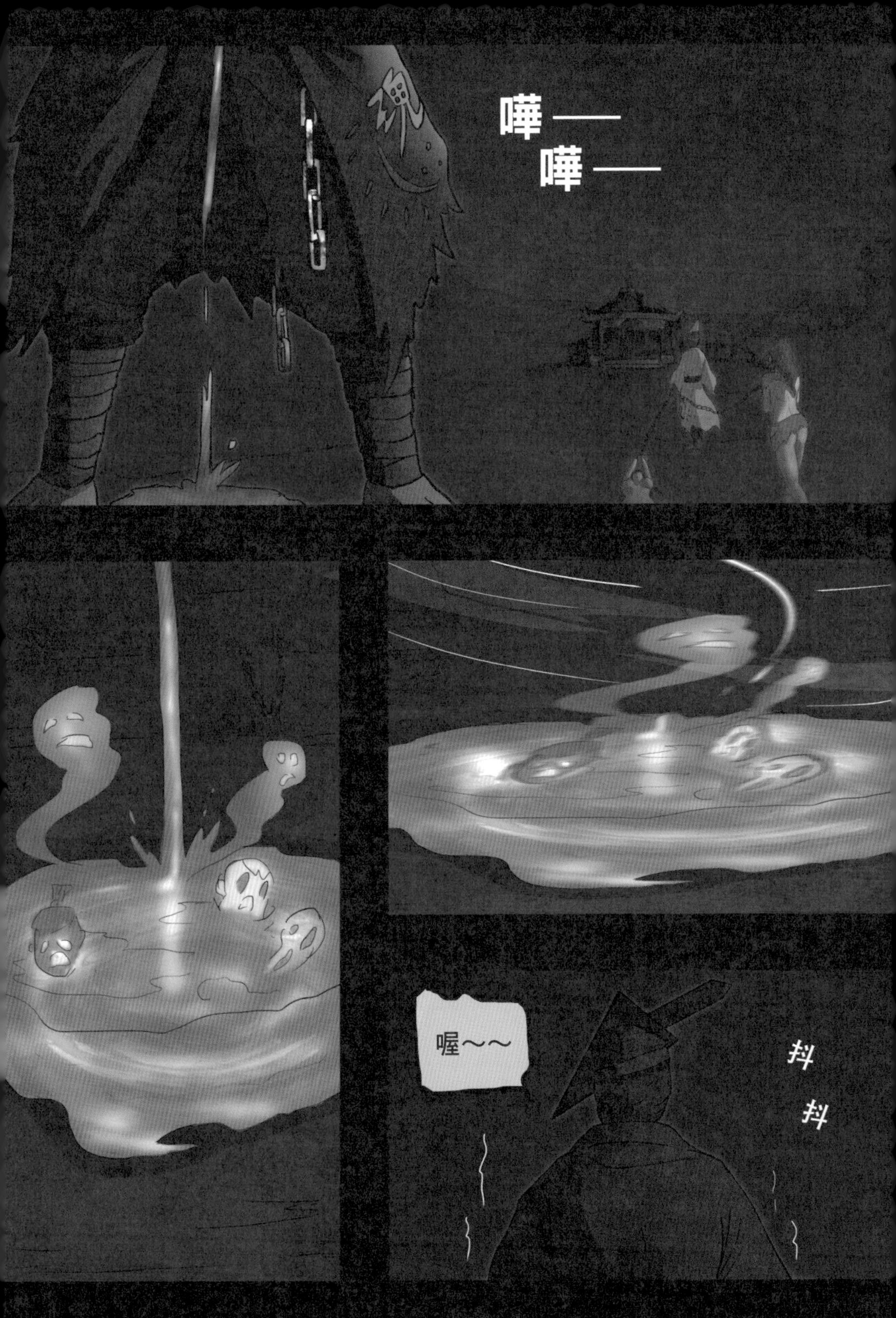
嘩——
嘩——
喔～～
抖
抖

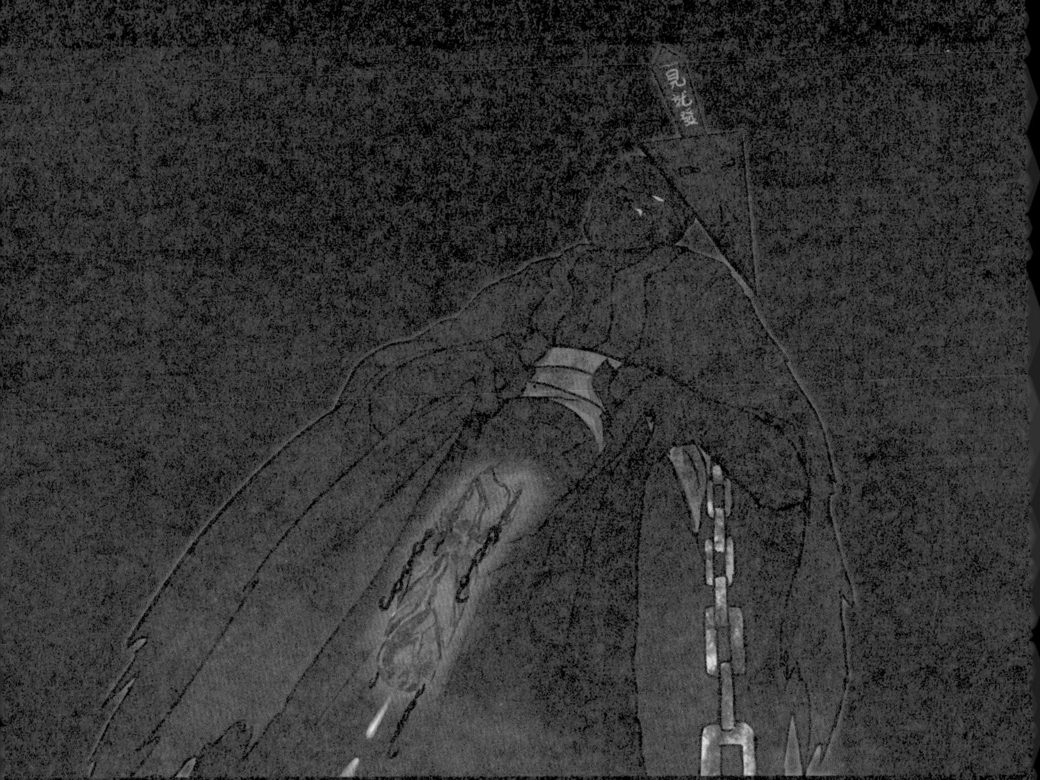

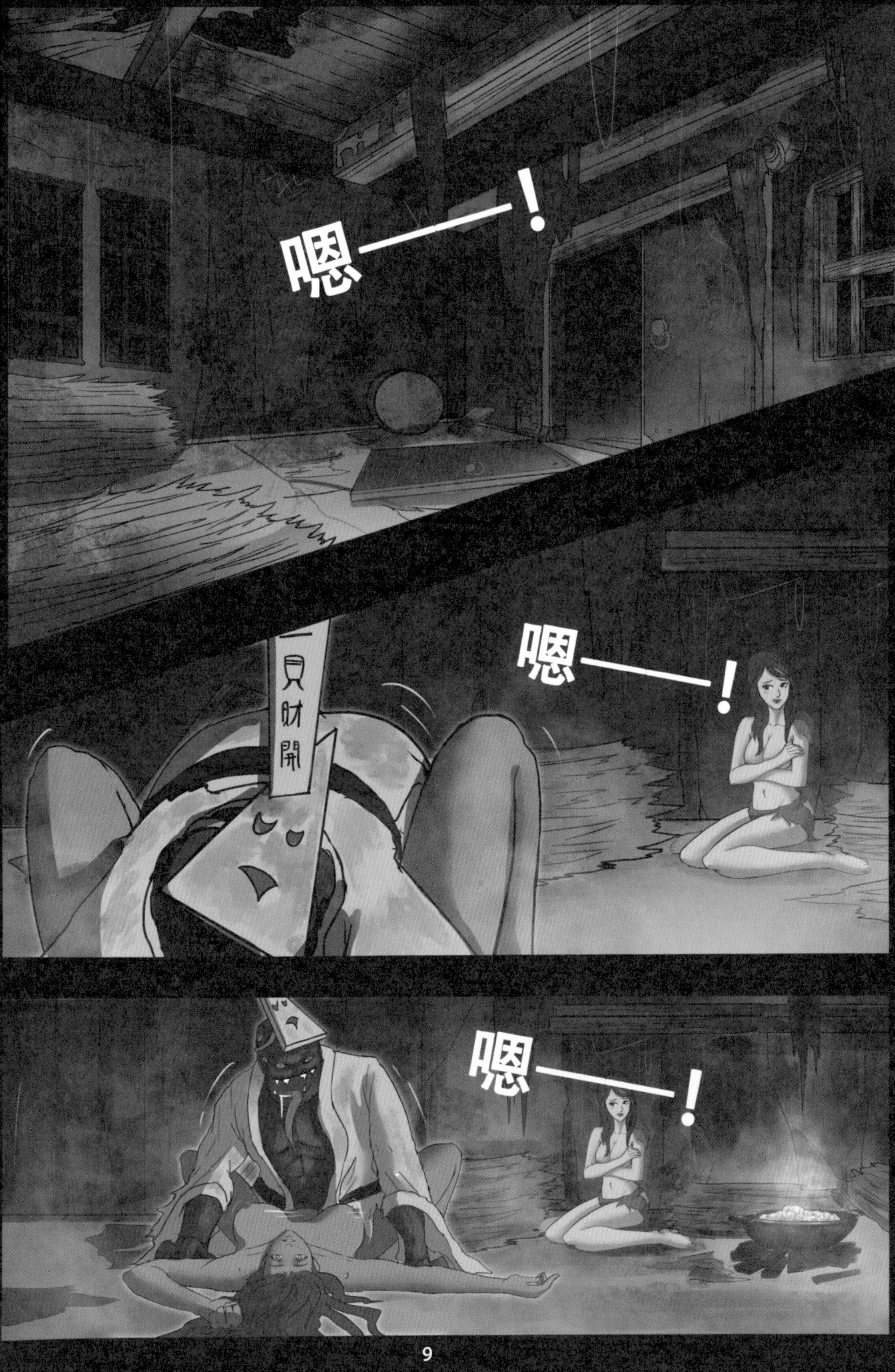
嗯——!
嗯——!
貝財開
嗯——!

你這撮鳥亂射的！
歇一下可成？
這剛剛死的婆娘用起來賊妙賊妙。不然你來試試?
肚子餓了，吃點東西再說。

人才有三急。你說我等淪為鬼差怎還會屎尿不斷，總思淫色，真真是麻煩！
可不是嘛，想老子未死時定是讓淫婦搞了腰子，總想著方便了去！
兄弟，你是縱欲太多所致吧！
去你娘的！灑家才沒這喜好！

二位爺，買點吃的成嗎？
爺，我讓你使使，只要你買點吃的……

嘿嘿——

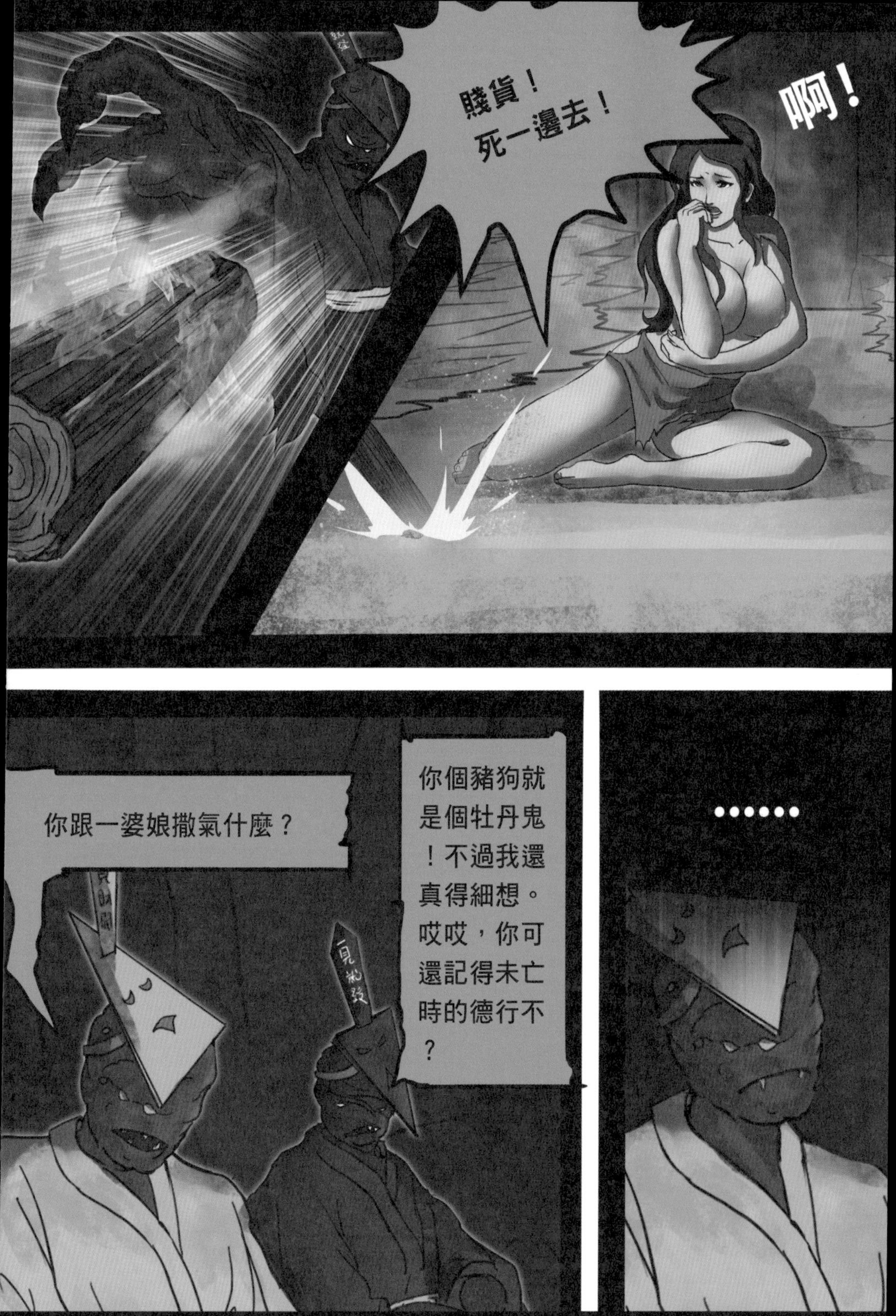
賤貨！
死一邊去！
啊！
你跟一婆娘撒氣什麼？
你個豬狗就是個牡丹鬼！不過我還真得細想。哎哎，你可還記得未亡時的德行不？
……

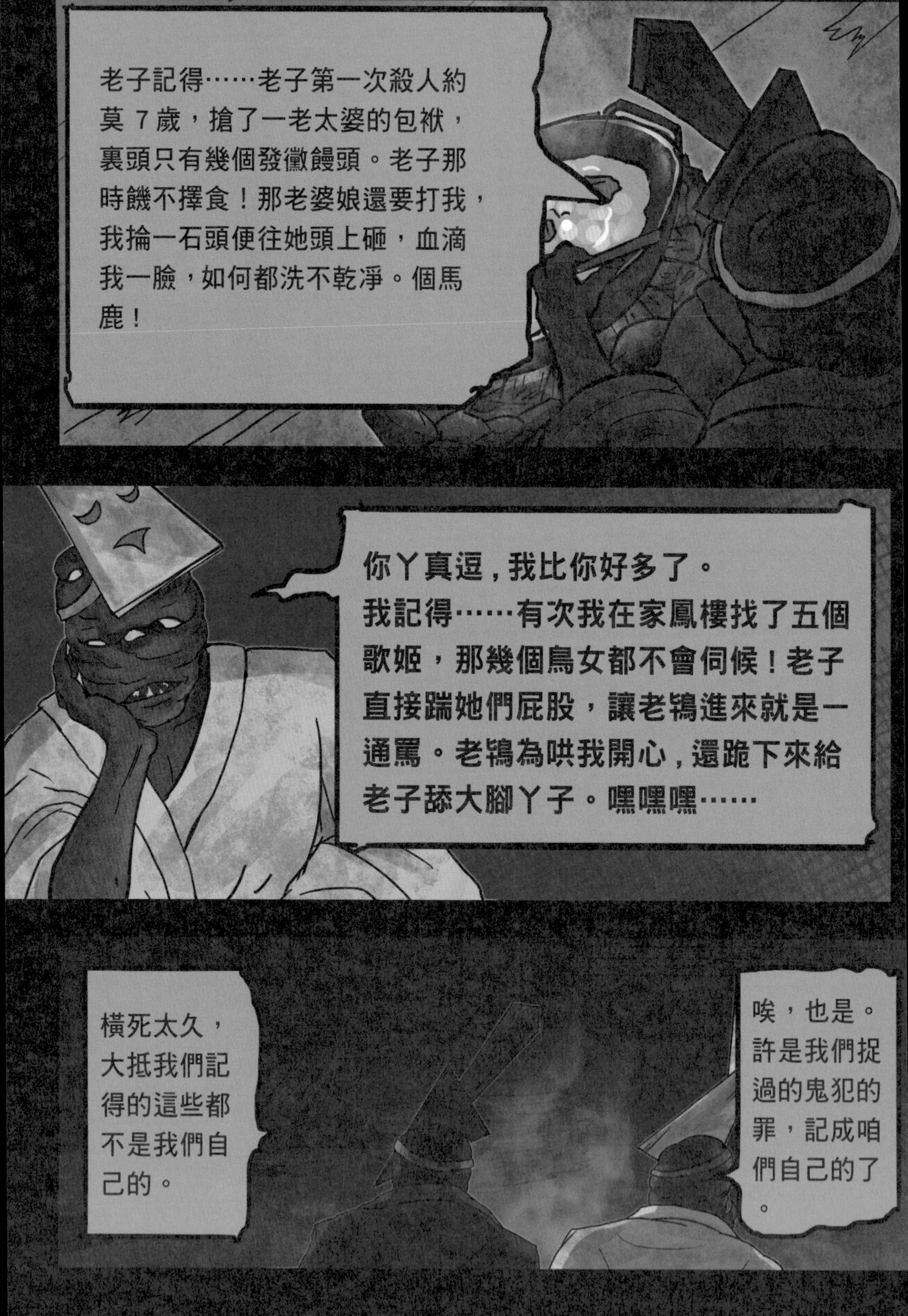
老子記得……老子第一次殺人約莫 7 歲，搶了一老太婆的包袱，裏頭只有幾個發黴饅頭。老子那時饑不擇食！那老婆娘還要打我，我掄一石頭便往她頭上砸，血滴我一臉，如何都洗不乾淨。個馬鹿！
你丫真逗，我比你好多了。我記得……有次我在家鳳樓找了五個歌姬，那幾個鳥女都不會伺候！老子直接踹她們屁股，讓老鴇進來就是一通罵。老鴇為哄我開心，還跪下來給老子舔大腳丫子。嘿嘿嘿……
橫死太久，大抵我們記得的這些都不是我們自己的。
唉，也是。許是我們捉過的鬼犯的罪，記成咱們自己的了。

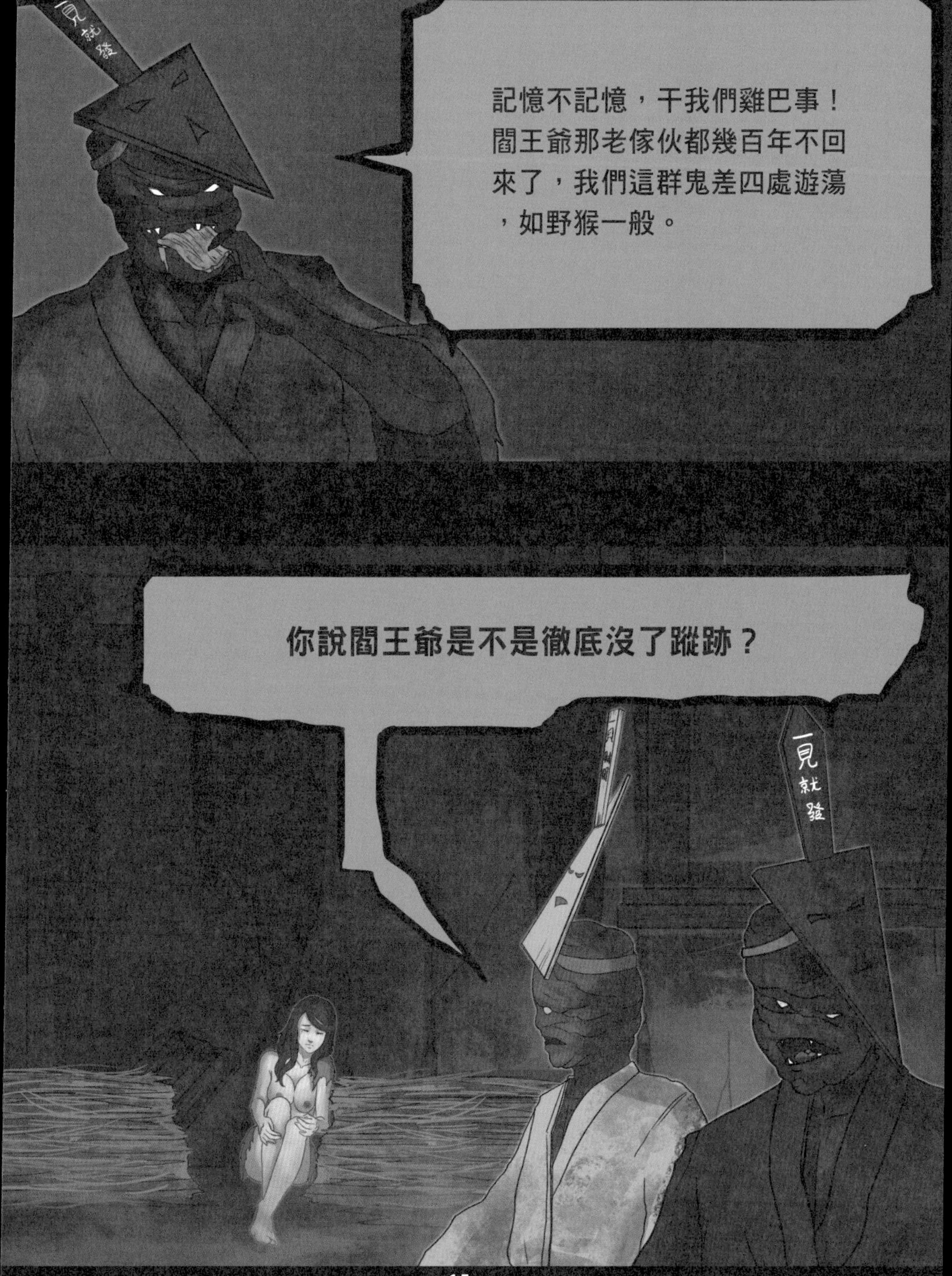
記憶不記憶，干我們雞巴事！閻王爺那老傢伙都幾百年不回來了，我們這群鬼差四處遊蕩，如野猴一般。
你說閻王爺是不是徹底沒了蹤跡？
一見就發

那不正好。
我們現在活人死人都捉，帶回地獄，將那七七四十九道流水刑具都用了個遍，還能有更多肉吃，不好嗎？
一見就發
甚好，甚好……

你說，
婆娘哪部分
好吃？

嗯……奶子和屁股最軟，應該最美味。
啊——
你丫真真是不會。老子告訴你，這年輕婆娘的話，玉手和玉足最有嚼勁～
恩——

嗯～～～
一見就發

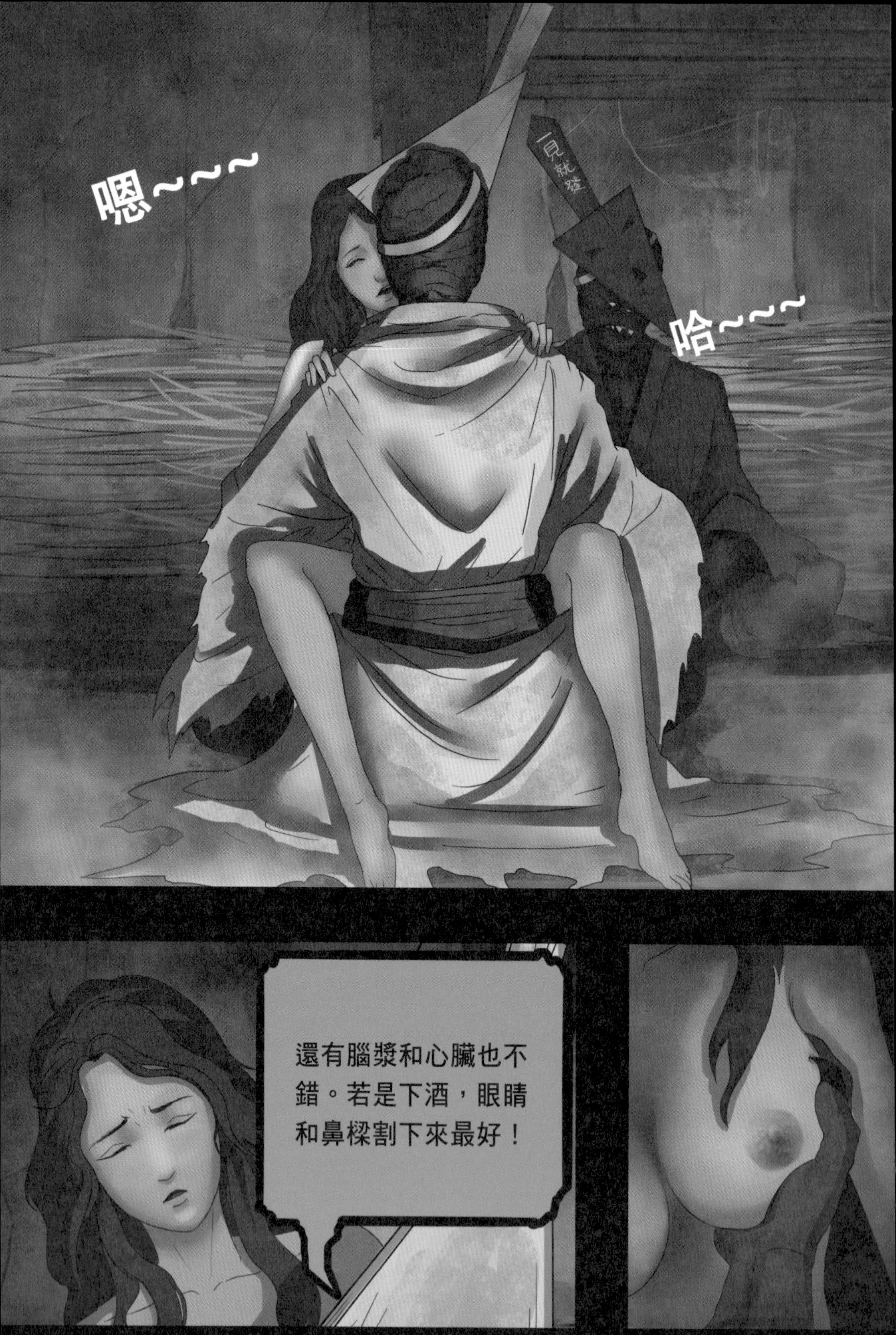
嗯~~~
一見就發
哈~~~
還有腦漿和心臟也不錯。若是下酒，眼睛和鼻樑割下來最好！

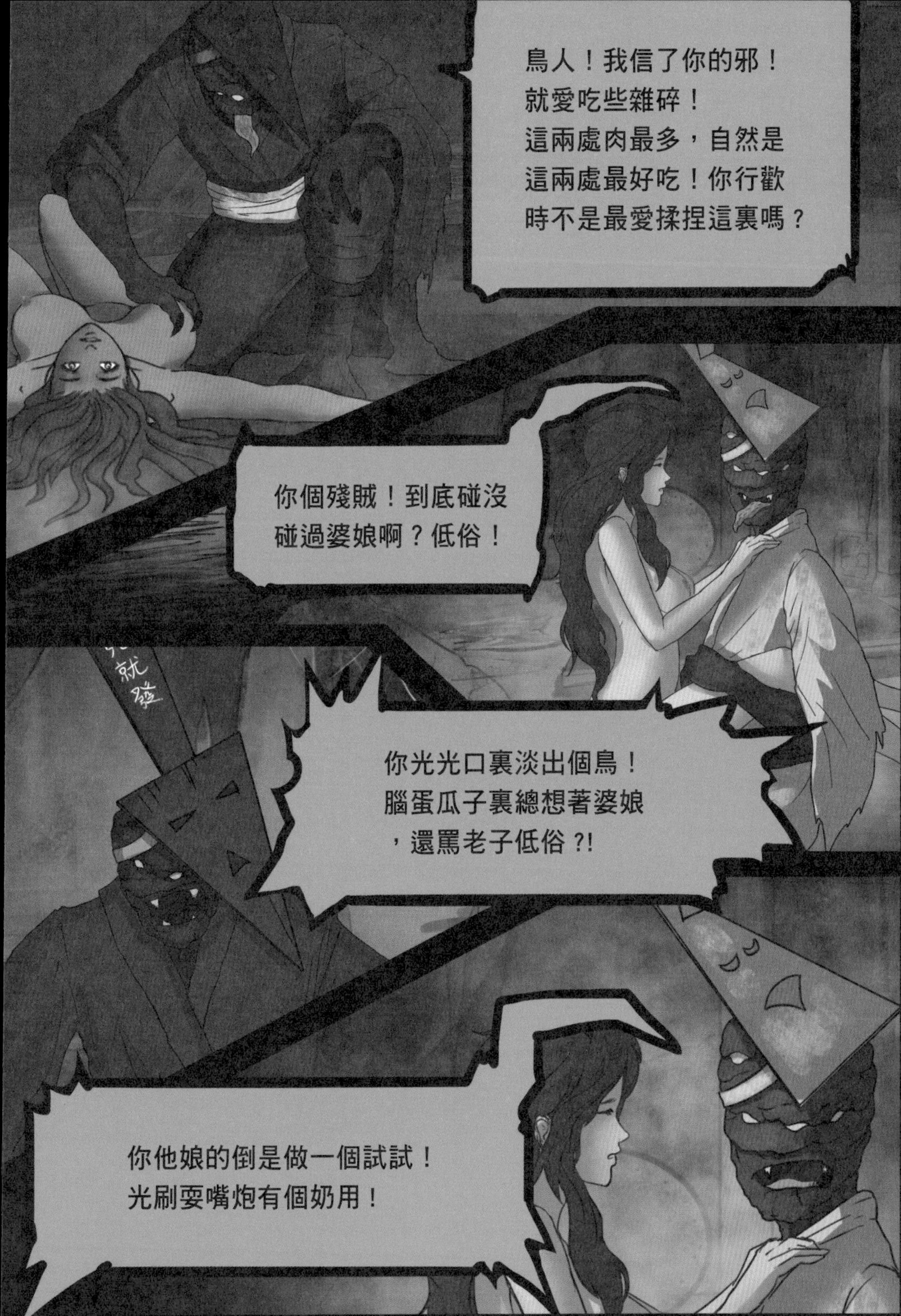
鳥人！我信了你的邪！就愛吃些雜碎！這兩處肉最多，自然是這兩處最好吃！你行歡時不是最愛揉捏這裏嗎？
你個殘賊！到底碰沒碰過婆娘啊？低俗！
你光光口裏淡出個鳥！腦蛋瓜子裏總想著婆娘，還罵老子低俗 ?!
你他娘的倒是做一個試試！光刷耍嘴炮有個奶用！

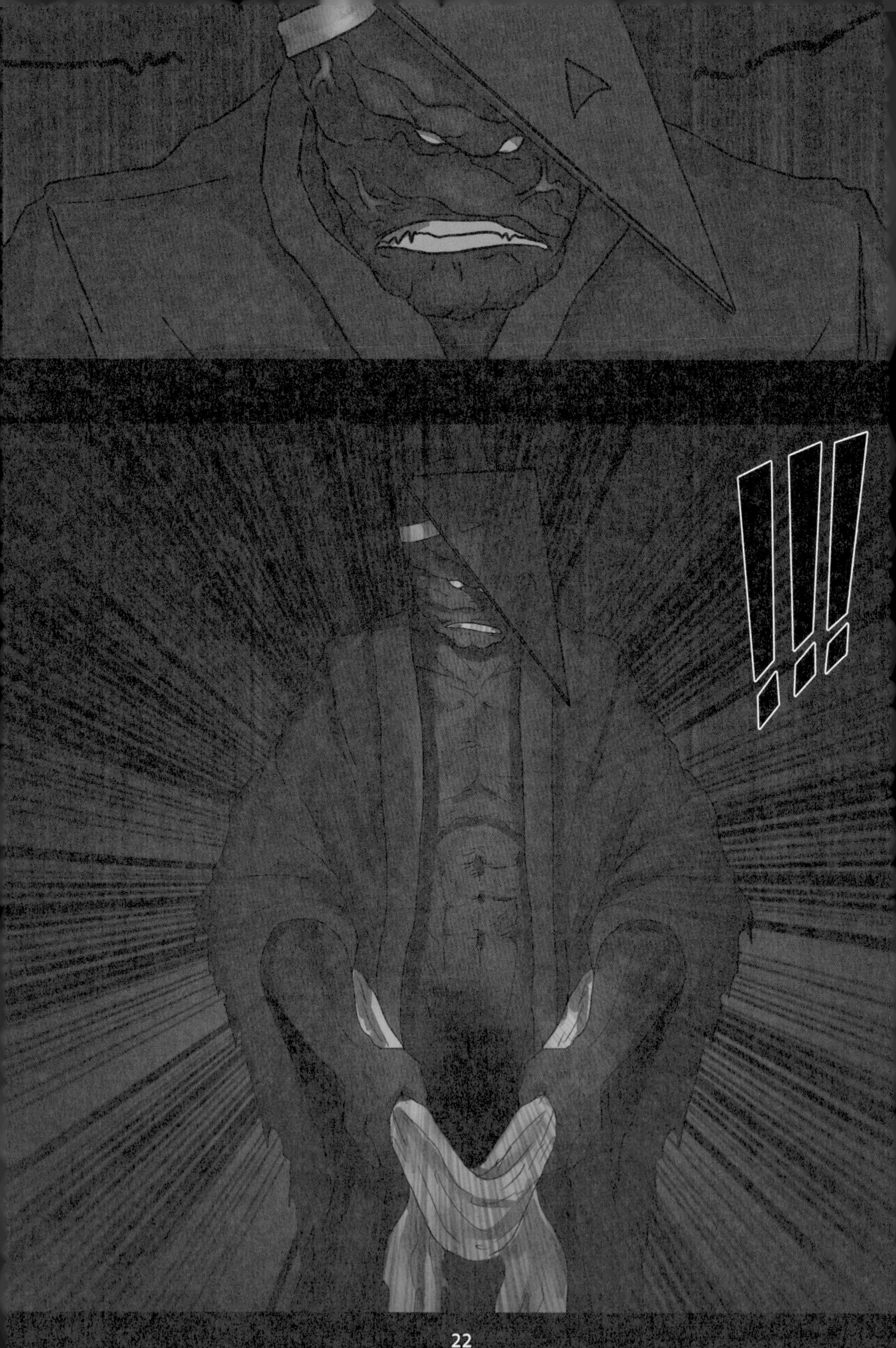

啊！
!!
你丫還是別了，就這混帳東西
，能活活把婆娘折磨死。
瞧見沒？

你個鳥賊也就是跟我在這兒霍霍，怎不見你去牛頭馬面那兒叫囂。看見他們，你連個屁都不敢放。
哈？
呀！

牛頭馬面算個炮仗！當年那猴子來時，他們被打得抱頭鼠竄的！算個鳥！
作罷，作罷，我們一體兩面，德行無二，較勁這般無意！

哎哎，你說我們抓她的時候，她到底死的還是活的？
不記得了。若是死了，這魂魄的吃法又是不同的。
就

不！不！我還活著！
若是活著，那就得活剮下來，肉最……
！
怔！

!!
啊!!

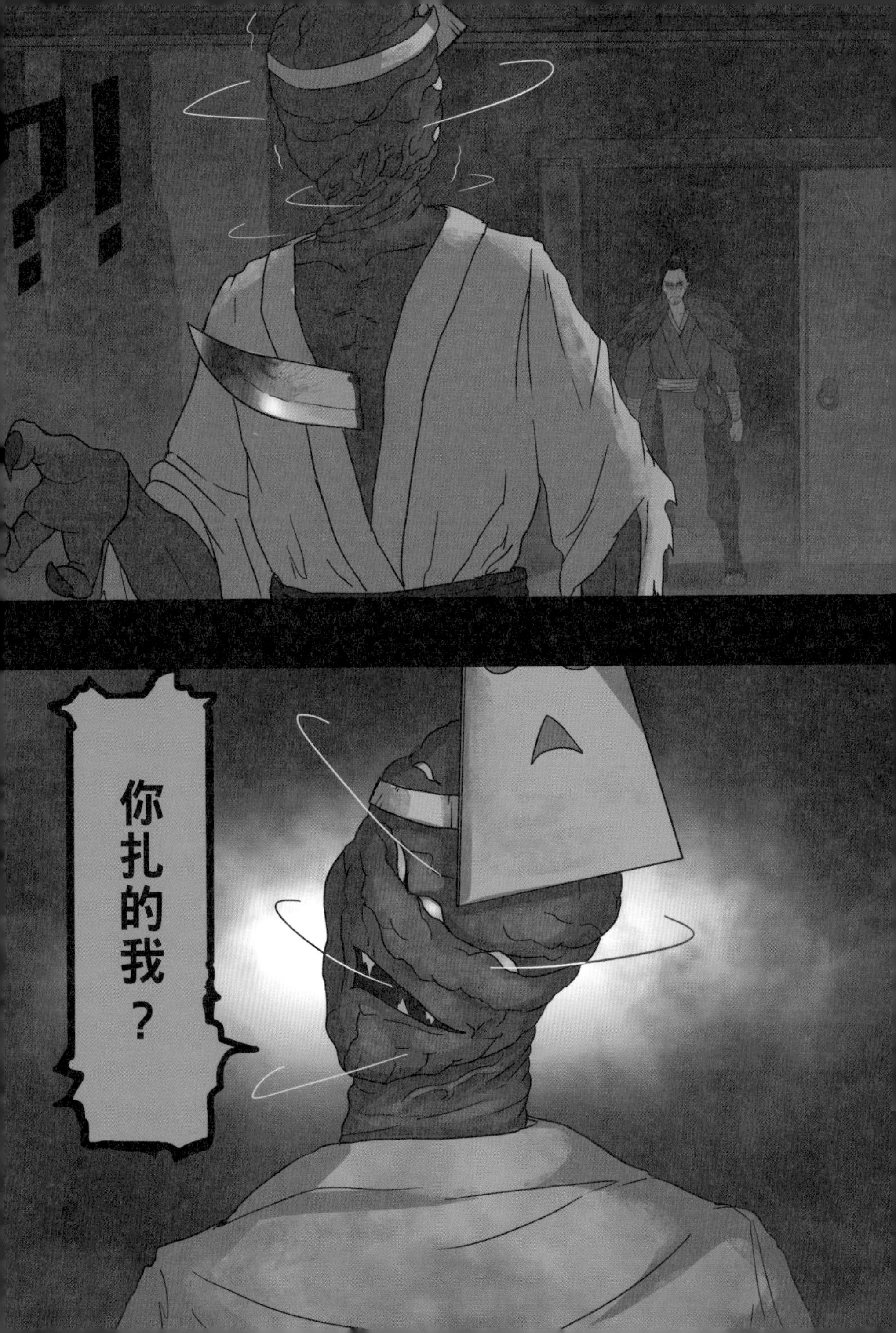
?!
你扎的我？

拔出!
丟
癒合
癒合

轉動
轉動
她…是我的

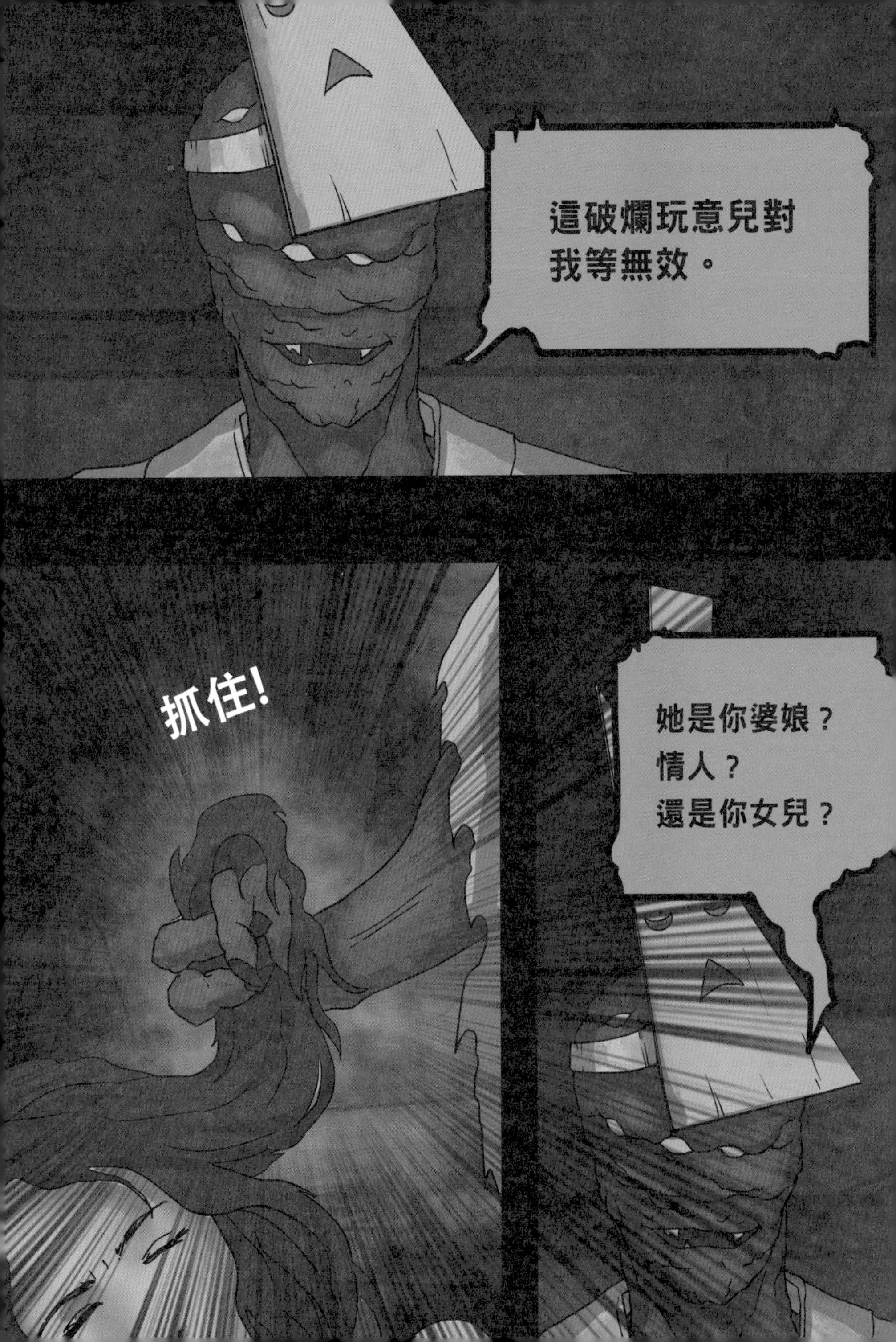
這破爛玩意兒對
我等無效。
抓住!
她是你婆娘？
情人？
還是你女兒？

看來我們這次抓的是活人？
這傻子才追過來討要呢。
一見就發
我和你丫說，別白費功夫了。從沒被我們黑白無常鎖住還能救回去的。
怎麼沒有。你丫忘了，有一次我們鎖了個酒鬼，酒鬼那婆娘著實厲害，自殺了過來追我們索回她男人的魂魄。

哈哈哈
一見就發
好像是有這麼回事。末了我們還不是多帶了一個回去？
果然這些尋常的刀對他們無用

摸索
掏出

我說你丫賊
還來……
一見就發

刷——!
刷——!

停住

變化
嗖！——

大俠饒命，大俠！
撲通
邁步逼近

啪！

嘖！！
噗！！

嘿
哈
就發
掉落
唰
握住!

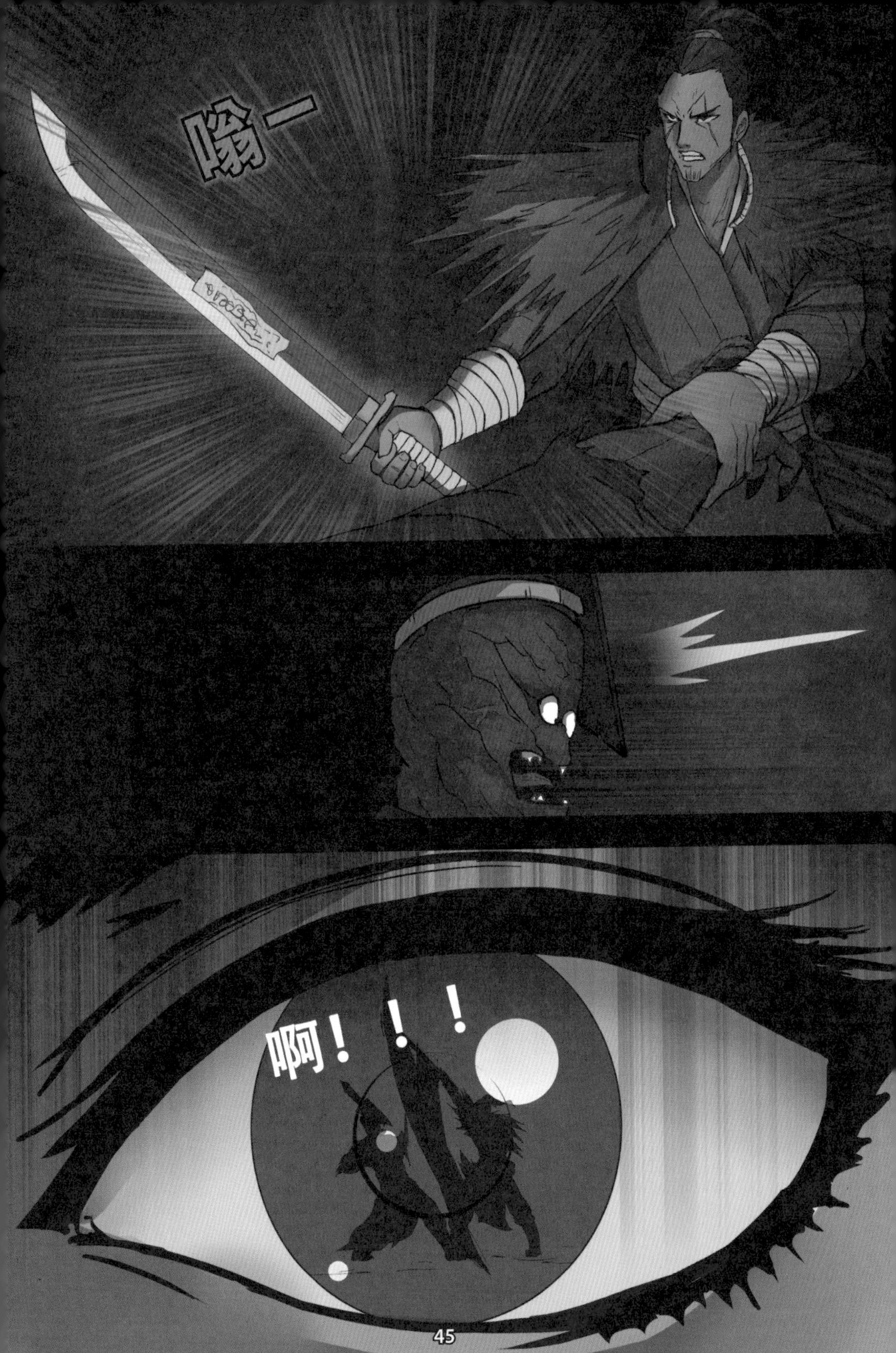
嗡一
啊！！！

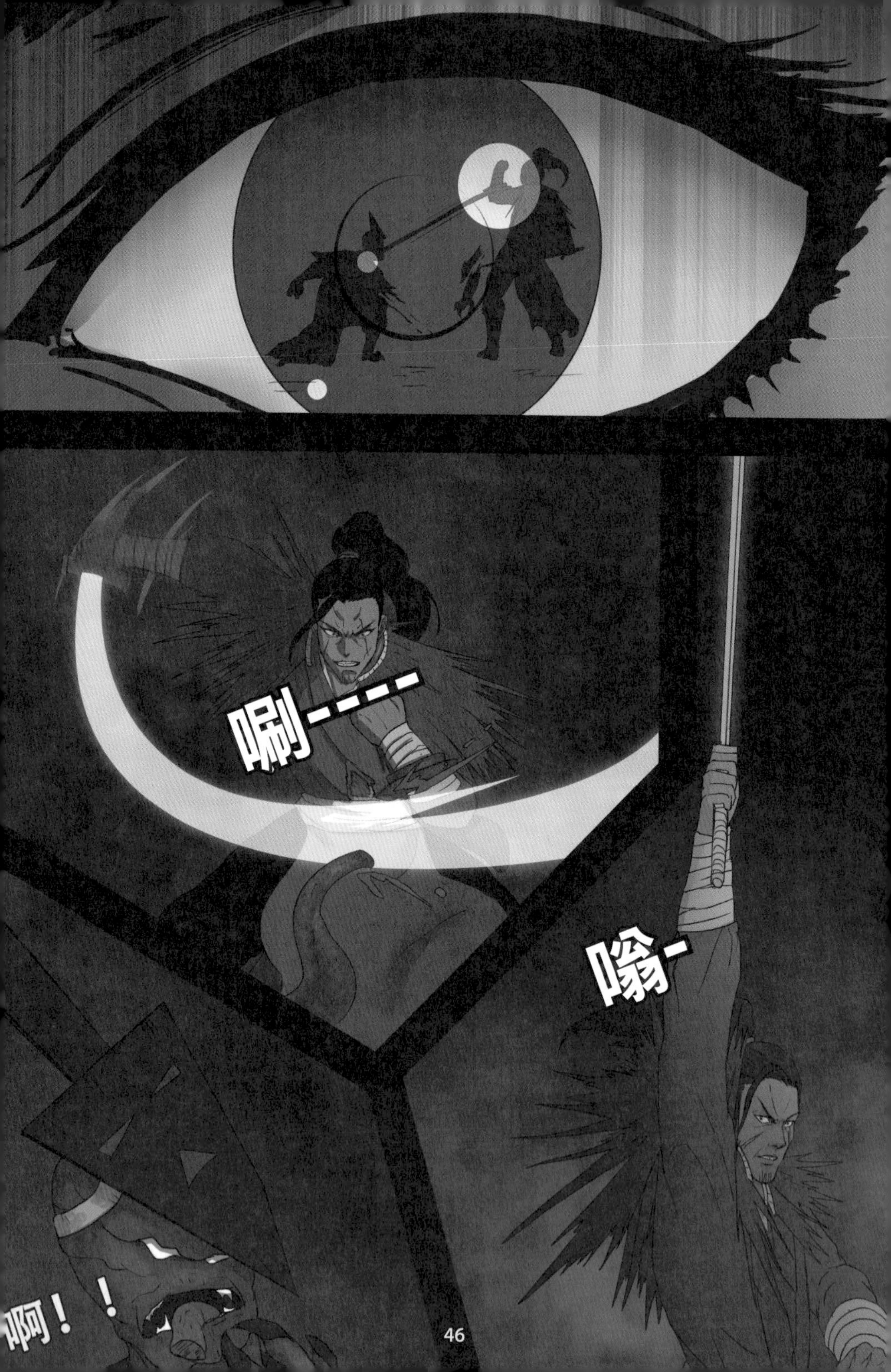
唰----
嗡-
啊！！

吡
鑽入

謝這位英雄相救，奴家真是感激不盡呢……
英雄受傷了，不如就讓奴家……

徐珍娘！
你，你怎麼知我名號？
看來沒找錯人。

懸賞令

嘉興徐珍娘爲欺詐團夥頭目，膽大妄爲，肆意猖獗，謊欺官員或城中富商，數目多達幾十萬兩黃金白銀，數目之大令人咋舌。此人如今行蹤不明，今發布海捕文書，望懸賞賞金獵人，死活不計，若活擒徐珍娘，報酬另厚賞一百兩。
活口雖錢多些，但路途遙遠，是個累贅。

咕咚
咕咚
不多時...

哎哎哎，咱們許久沒看到娘們兒了。
死了，他們都死了。
死了又如何，我們多久沒開過葷了？你等若是怕,我先來!
憑什麼你先來？
吵嚷
你去死!
你丫的!
推搡

市內

站住！何人？
賞金獵人！
嫌犯徐珍娘頭顱在此！

拿下去，拿下去！

壯士好身手。動作如此之快令本官佩服。這樣吧，這裏有另外一份通緝令，壯士有興趣再賺賞金否？
OOOOOO

哐！

你，你要做甚!
來，來人一
咔!
我娘子呢？我女兒呢……
我在哪兒……這是……

……這是壯士的賞銀，
一分不少。
還，還請笑納……

我在這裡作甚？對，我要去找娘子，找我女兒……

快，
快抓住他啊！
娘子、喜兒，
你們在哪……

混蛋！爾等廢物！居然
就讓那莽夫貿然離去！
還不給本大人去追?!
等等！
大人，他武功高強，
剛破大案，雖然無禮
，且就這麼讓其離開
吧。免得多生是非，
節外生枝。

人來人往

快步行走
喜兒？
媽媽！
喂！你想
作甚？

盯——
喜兒，喜兒……
喜兒你在哪裏……
啊……

醒來..

咦，官人，你醒了？
你是何人？
我為何在這裏？
我是送貨的，看到官人你躺在長街地上，還說著胡話，便把你載上回家，想說找個醫者給瞧上一瞧。

不必了！
哎，官人官人

!?
砰！
!!!

紅光
你身上居然有神符？
小小鬼吏，受死吧！

嘿！
哈！

哐！
哈！

咔嚓!!
飆血
嗚嗷!

呃啊！
搖擺
唔！
唔！

說！你從皇宮偷去的京城防禦圖藏在何處了？!
不，不是防禦圖……是早年間的琉璃花頂燈……
不，也不是。
連連搖頭

哼
咔嚓!!

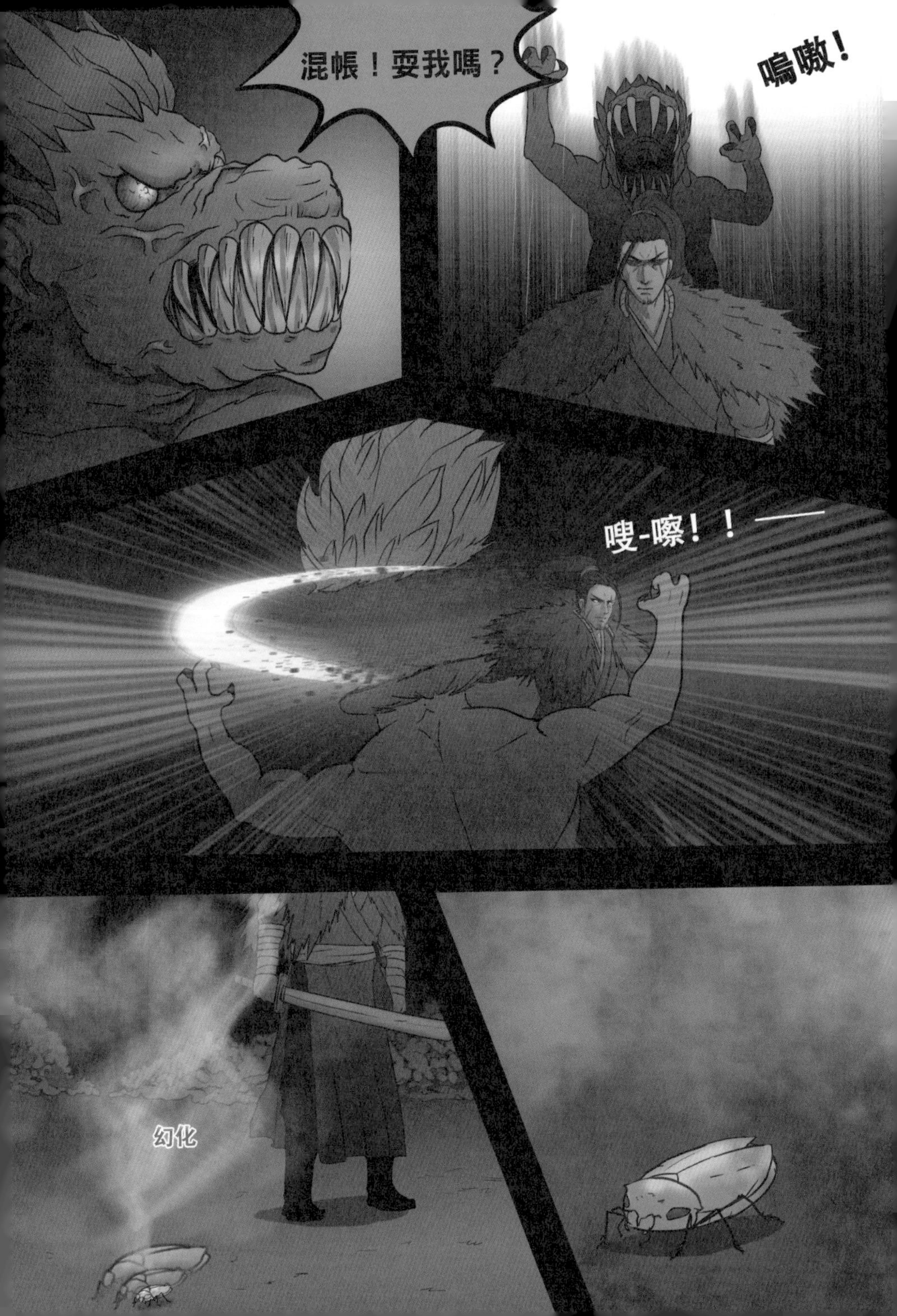
混帳！耍我嗎？
嗚嗷！
嗖-嚓！！——
幻化

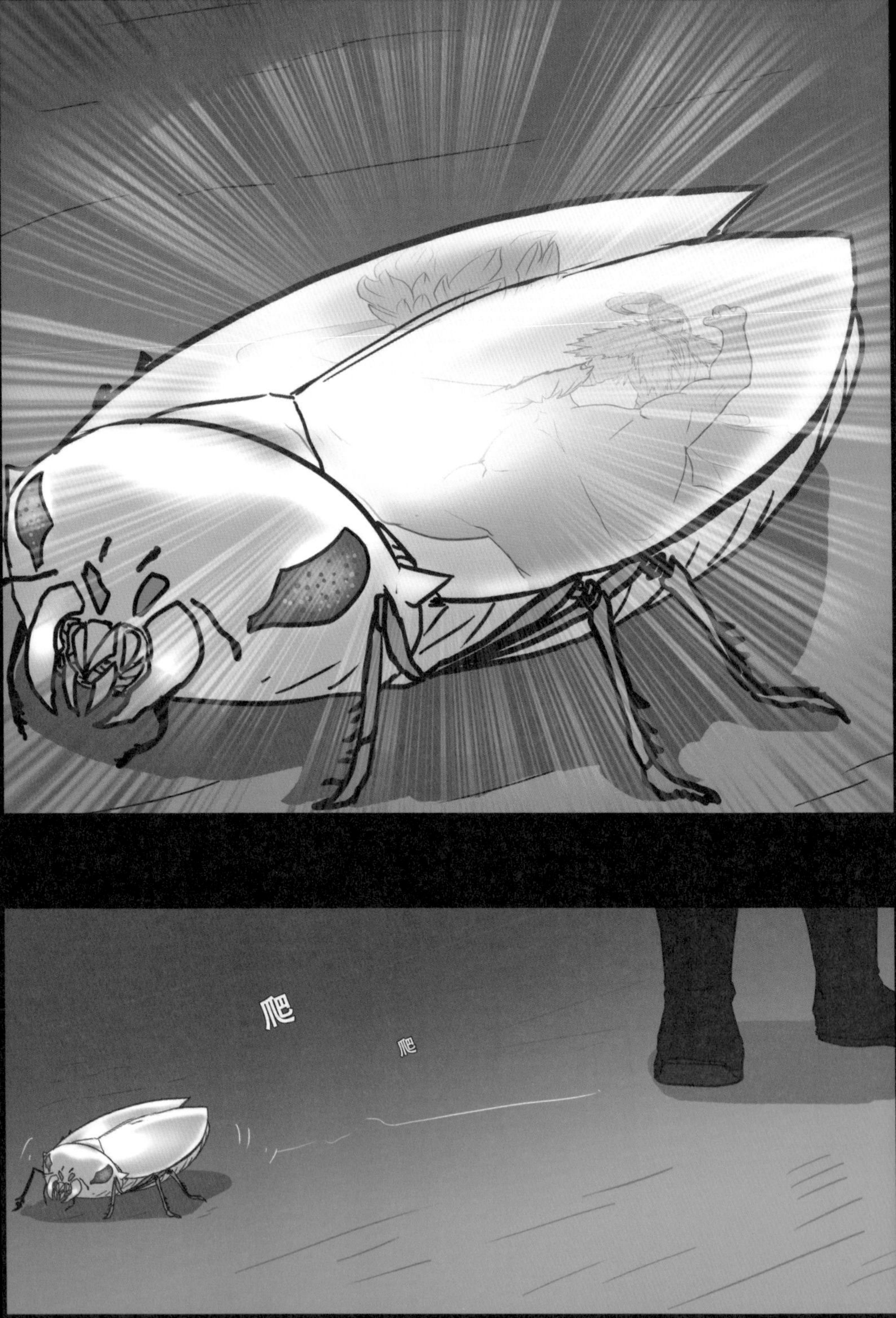
爬
爬

我是無名，我是大內密探，對，我是無名，我在找我娘子，還有我的女兒……
刀客無名，你可知罪！
一驚

冒出

!!

我犯何罪？
你可有殺黑白無常?
你們是來替他們報仇來的？
沒錯，我等鬼差，受陰間指派，
豈是你一個凡人可以私自加害的？

我殺戮無數，你們若是
有本事，盡管來便是！
怒
混兒你好大的口氣！

!
纏住！

將你帶下地府，生吞活剝
再將你魂魄醃製入酒，當
真美味。
唰！
啊!!
抖動

嗖！！
驚
哐！！

哈！
噹！
哐！

慢著！
你可有在尋你的妻女？
停住
你知曉她們下落？
知曉，自然知曉。
她們在何處？
我等知曉她們的下落，
她們自然是在地府了。

思索
帶我去
哼哼……你要去地府?
帶我去地府，找她們。
縮

閻王的行蹤？
你，你若想知道她們在何處可以，拿閻王的行蹤來換，我等便告知於你。
沒錯，想來你也聽說了，地府混沌，只因閻王消失多時，我等四處遍尋未果，你若能找來閻王的消息，你妻女的行蹤便能明白告知。
否則即便強迫我等帶你去地府也是無用。
好，一言為定。

轉身
抓起
待我找到，
便來尋你等。
啊!!!

別嚎了，這混兒著實厲害，怪不得黑白無常都不是他對手。若不是方才聽他念叨，藉妻女行蹤誆騙，我等皆要命喪於此。
唔哩哇啦！哇啦哇啦！
你說些甚？走，回地府再吃幾根人舌接上，你便又能說清楚話了。
飄散

氣喘吁吁
呼——
哈哈哈～
嘻嘻嘻～

朦朧
睜開
哈哈哈
嘻嘻嘻
嘻嘻嘻

官人，你好威武啊 ~~
飄舞
拽
呀！
脫落

官人，你如此猴急做甚？你先好好看看奴家呀～
你不是我家娘子。
啊!

官人，那您瞧瞧，奴家是不是你家娘子啊？

官人，您瞧瞧奴家呀！
官人，您摸摸奴家呀！
官人，奴家在這兒呢！

唔!
娘子……
我是誰……
抱住

！！…
疏疏——
！！
爬滿
拉住！

!!!
乍現!
呀!
啊!
逃散
逃散
一驚!

你敢在我的地盤搶男人，今天老娘一定要好好教訓你！
又是你!!
湧出
嗷！
噴湧而出

—咻
轉頭
哈!

妖孽賤貨，
竟敢騙我！
嗖
嚓
嚓

你的身體都沒了還跟老娘在這兒耽誤，還是尋個去處先吧！
轉頭
啊！

啃
食
片刻之後...

落地
官人，她們是這林子裏成了精的妖，奴家是正經凡人，和你與之相配。
能趕走妖，你豈會是正經凡人？

奴家賤名柳飛飛，會一點掐指天算，驅魔降妖的本事罷了。
踱步
穿走這江湖之上，不過是為了尋得知心人。

此話當真？
當真，當真～～
讓老娘來要了你的神識，
又是一筆好買賣～～

那你可算得閻王下落？
……閻王下落？
怎麼？你算不得？
這……不知官人找
閻王所為何事啊？
這與你無關。

哎呀，官人，這人間極樂，
你，何苦要去地府……
哈哈哈……柳娘，豈知也有你無能的時候？

少管老娘閒事！
若不能算，休得浪費我的時間。
站住

你便是前陣子提了徐珍娘人頭的賞金獵人？
平大人今日上山又是來查案的？
非也非也，我是來給柳娘你送年貨的。
扔
不會又像上次一樣是用野貓肉做的吧……

在下平遙，城下捕快，想要向大俠討教幾招。
沒空！
轉身
看招！

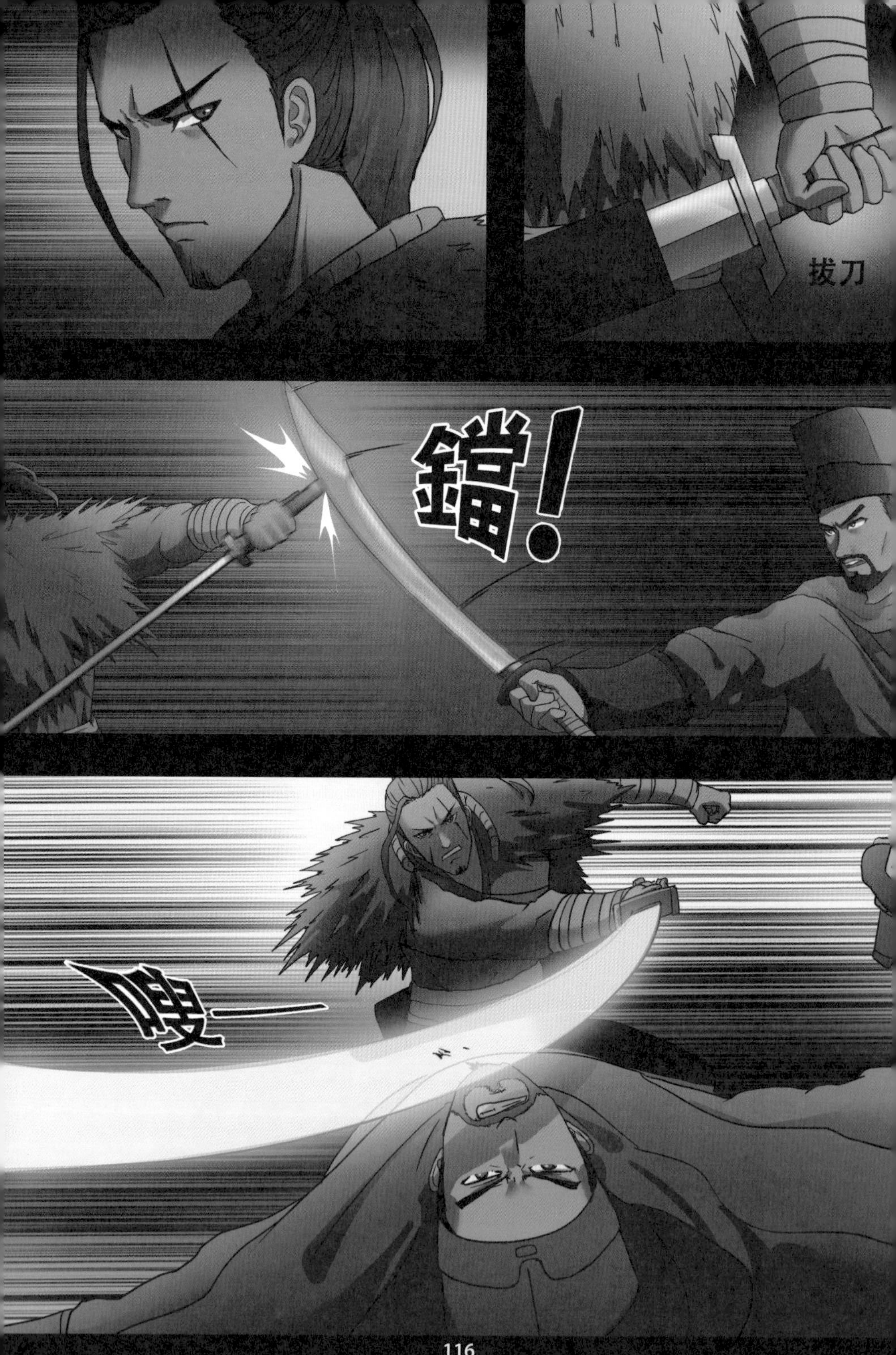
拔刀
鐺！
嗖——

哈！
抓緊

停住
休得糾纏，
否則要你小命。
大俠厲害，小的有眼不
識泰山，再也不敢了。

敢問大俠高姓大名？
高姓大名……
???

大俠武功卓絕，俠肝義膽，該不會是出自皇宮的大內密探吧？
對，我是大內密探，皇上身邊的第一心腹，可是我好像很久沒回皇宮了…
官人呀，若想找尋閻王下落，你得跟奴家回住處一試。

抓住
來呀，來呀。

官人先休息片刻，奴家備了器皿馬上就來。

柳娘，這尋
閻王是何意
啊？
搧
搧

老娘怎知，本以為是個容易對付的庸人，不想腦子還瘋癲。一本正經地說要尋什麼閻王。
不如你搞定他的神識，我要他那刀間神符。如何？
你小子莫不是跟老娘說笑？他那不入流的神識老娘拿來有何用？
啪！

莫不是你也看中了那神符？
你若是想往裏頭加迷藥，我勸你還是別費心思。這人看著邪乎，恐不是尋常迷藥可以放倒的。
若是不成，激怒了他，你我加一起也不是其對手。
老娘沒你這般愚蠢，且寬心～～
騷狐狸顯擺成性！

官人，喝點茶水。
脫掉
準備妥當沒有？何時開始？
掐指一算
就在今晚。
為何是今晚？

今晚子時，藉陰氣正通，方可尋覓。
好，那就今晚。若然不成，我殺了你。
官人，需要你的血滴入這碗之中。
自己來。
夠了嗎？

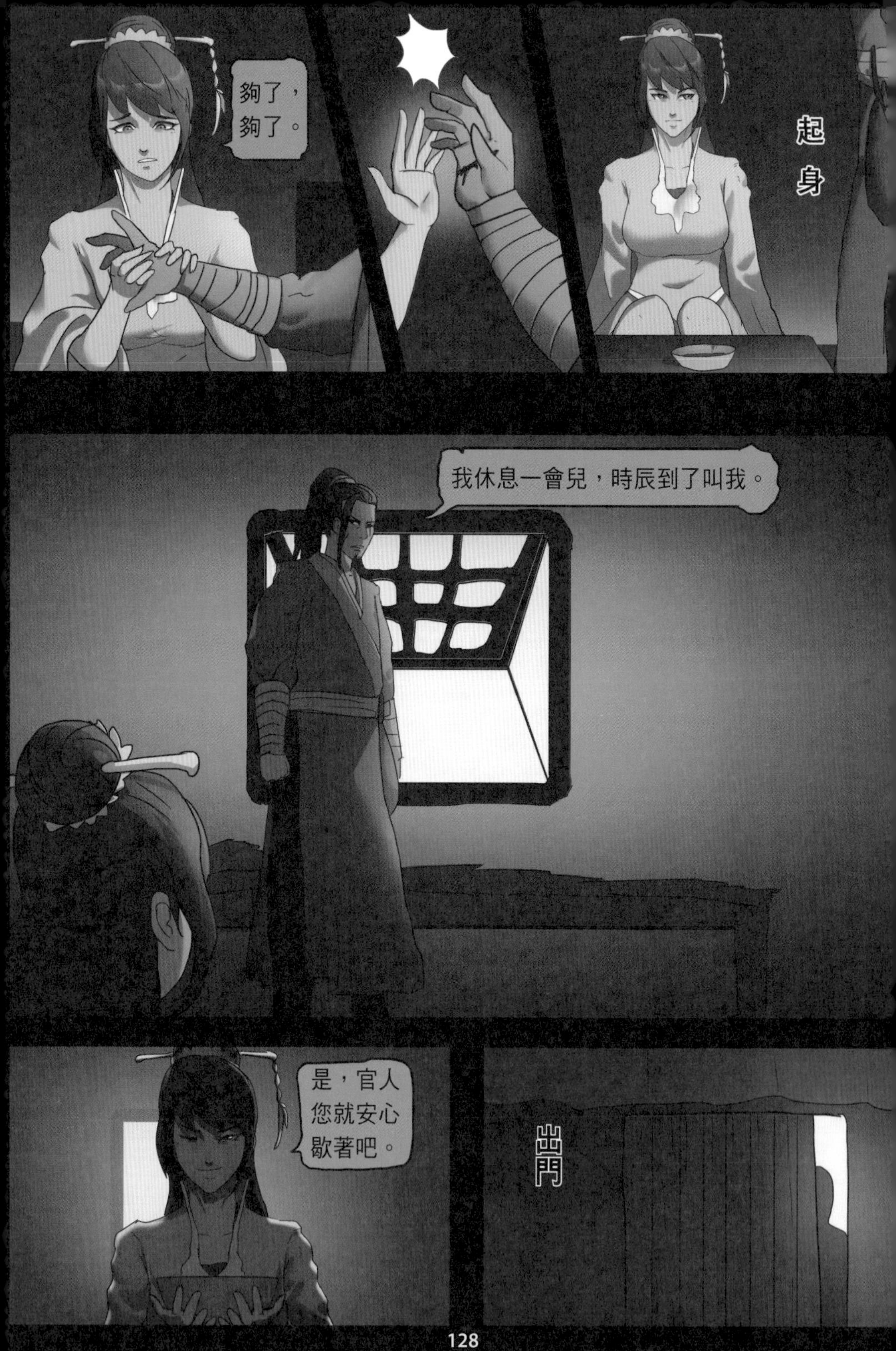
夠了，
夠了。
起身
我休息一會兒，時辰到了叫我。
是，官人
您就安心
歇著吧。
出門

你這麼做當真有用？
我看過一本《秘法祭》，說是以活人之血做祭祀之禮，便可讓其血液逆流而行。比你那勞什子的迷藥有用～～
熄滅
看來你小子是被書騙了。
這祭祀做法之事，該請教老衲才是。

雲山法師，
你怎麼來了。
是得了寶貝吧。
雲山法師真是能掐會算，是剛收了一個身上有神符的男人。這不，就在裏邊呢。

切，賊婆這就把底洩了。
神符？
這漢子腦子有點問題，硬說要去尋什麼閻王。我和平遙怕架不住，所以才想試用這爛方法。早知道，先通知雲山法師了。
若我不來，怕是你們兩個想要獨吞了去吧。

法師，你且等等。
踹開
空無一人
咦，人呢？

約莫幾分鐘前

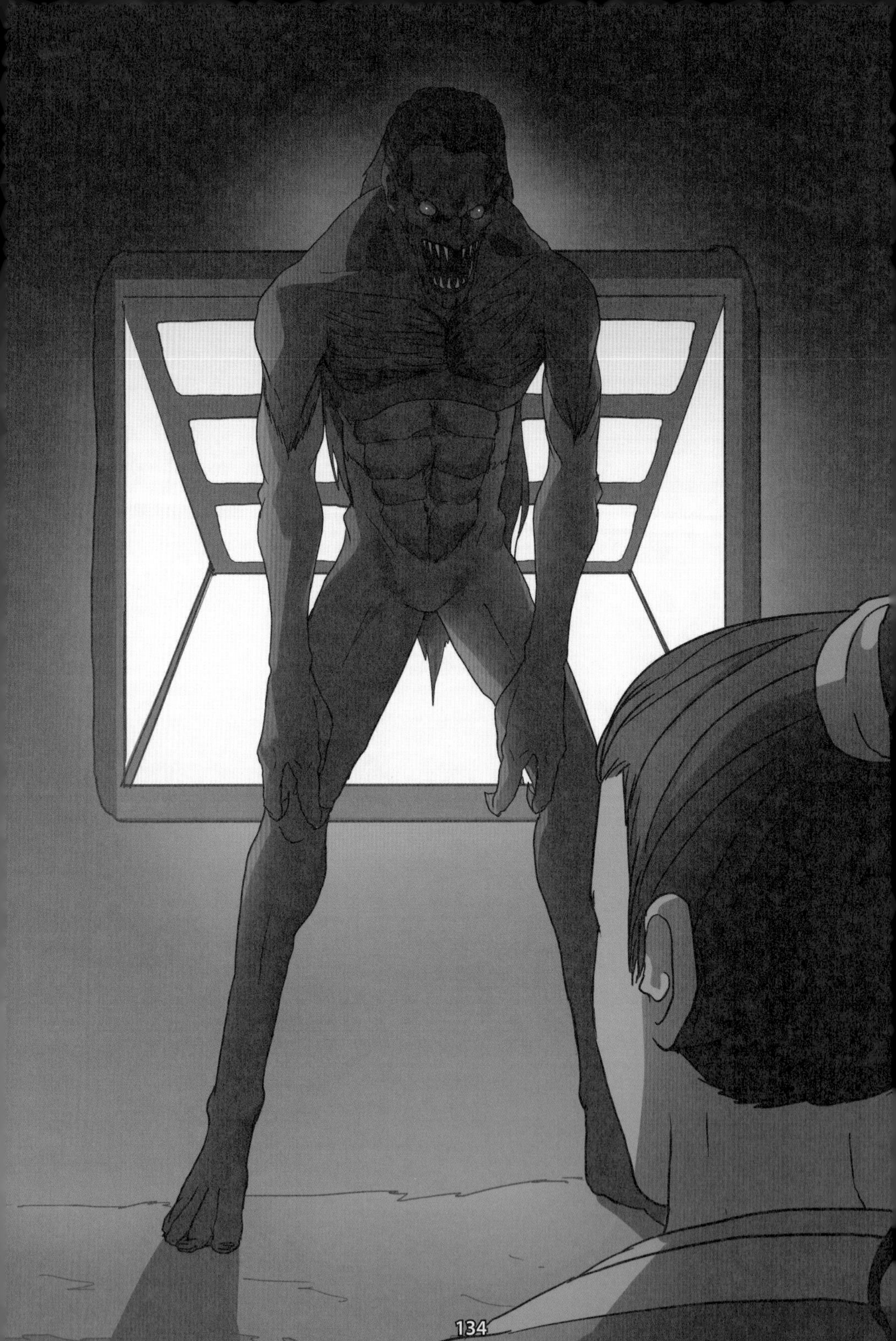

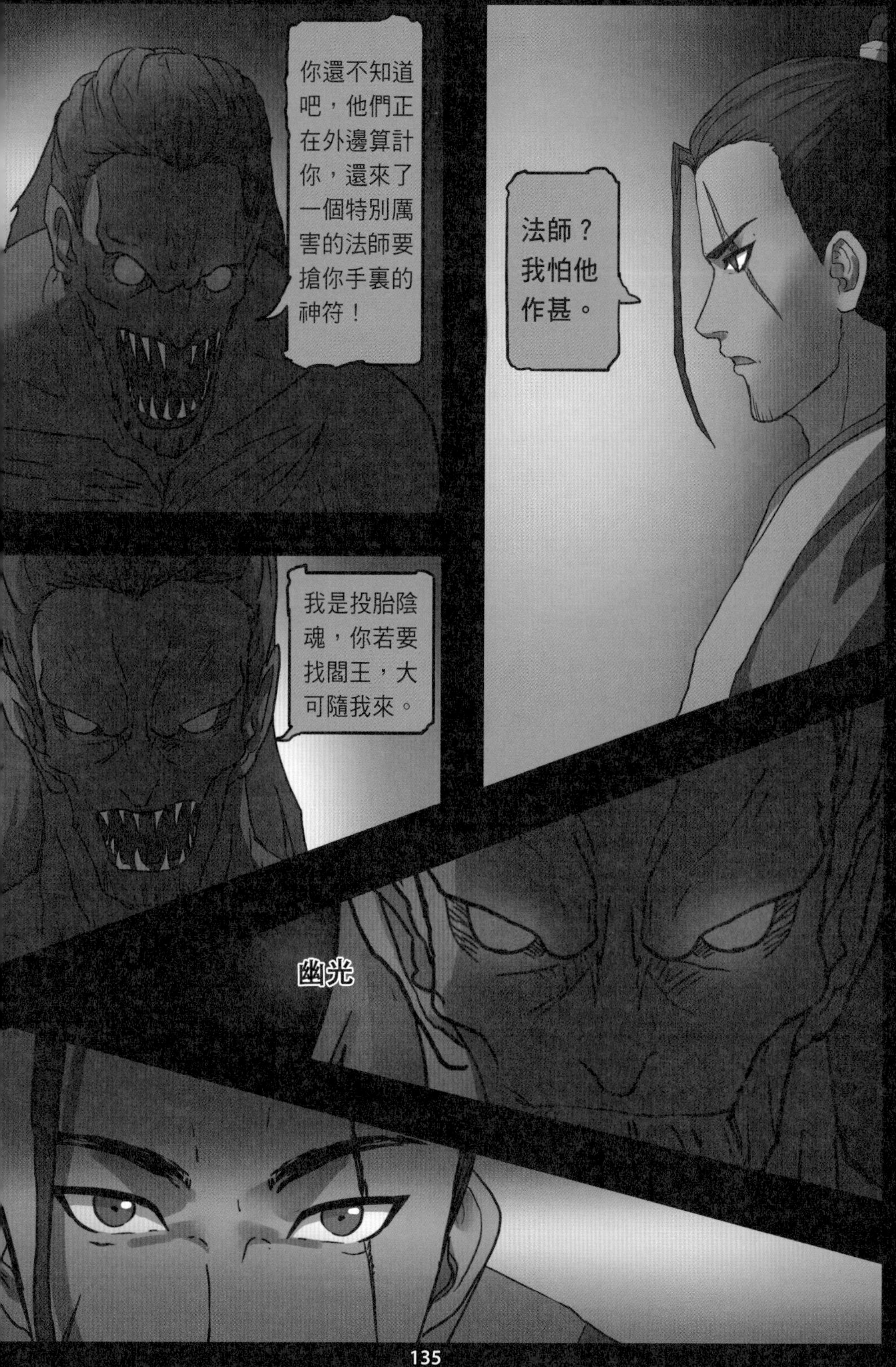
法師？我怕他作甚。
你還不知道吧，他們正在外邊算計你，還來了一個特別厲害的法師要搶你手裏的神符！
我是投胎陰魂，你若要找閻王，大可隨我來。
幽光

離開
他肯定是跑了呀！
不對啊，莫不是他發現我等在騙他？
當真不是你們兩人唱雙簧，把人給藏起來了？

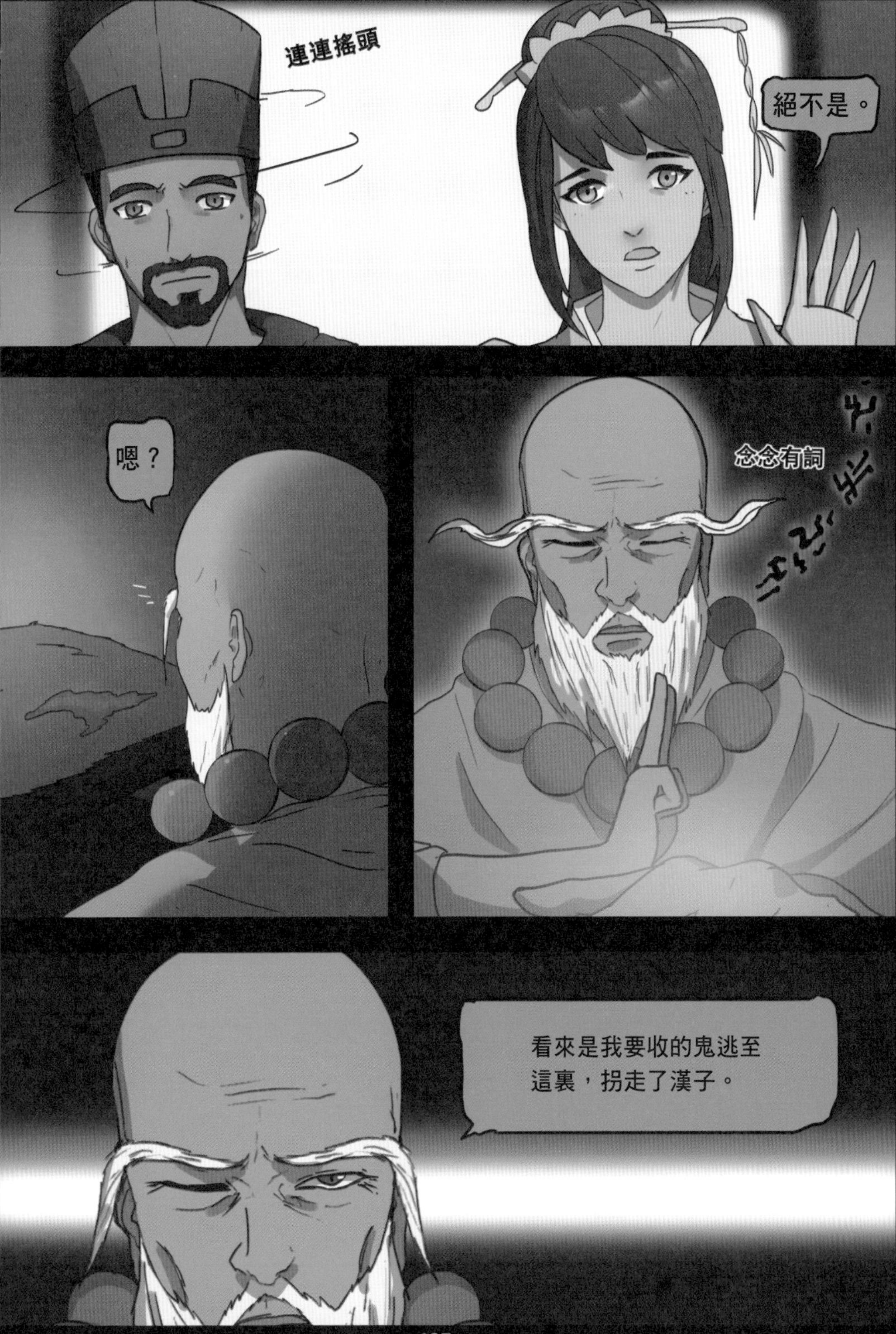
連連搖頭
絕不是。
嗯？
念念有詞
看來是我要收的鬼逃至這裏，拐走了漢子。

法師，我們三人分頭去找，如何？
飛出
喂！
攔住
這西域老賊仗著身上有些法力，總是壓我等一頭，你當真還覺得能先他一步找到？

若是平日老娘是真沒這個信心，不過今日……
飄
拿出
嗶—

飛走
趕緊去找。

怔怔
停住
!!!
嗚嗷！
噗！！！
啪！！

縮小
飄
皆是無漏大阿羅漢,佛子住持,善
超諸有;能于國土,成就威儀 ......

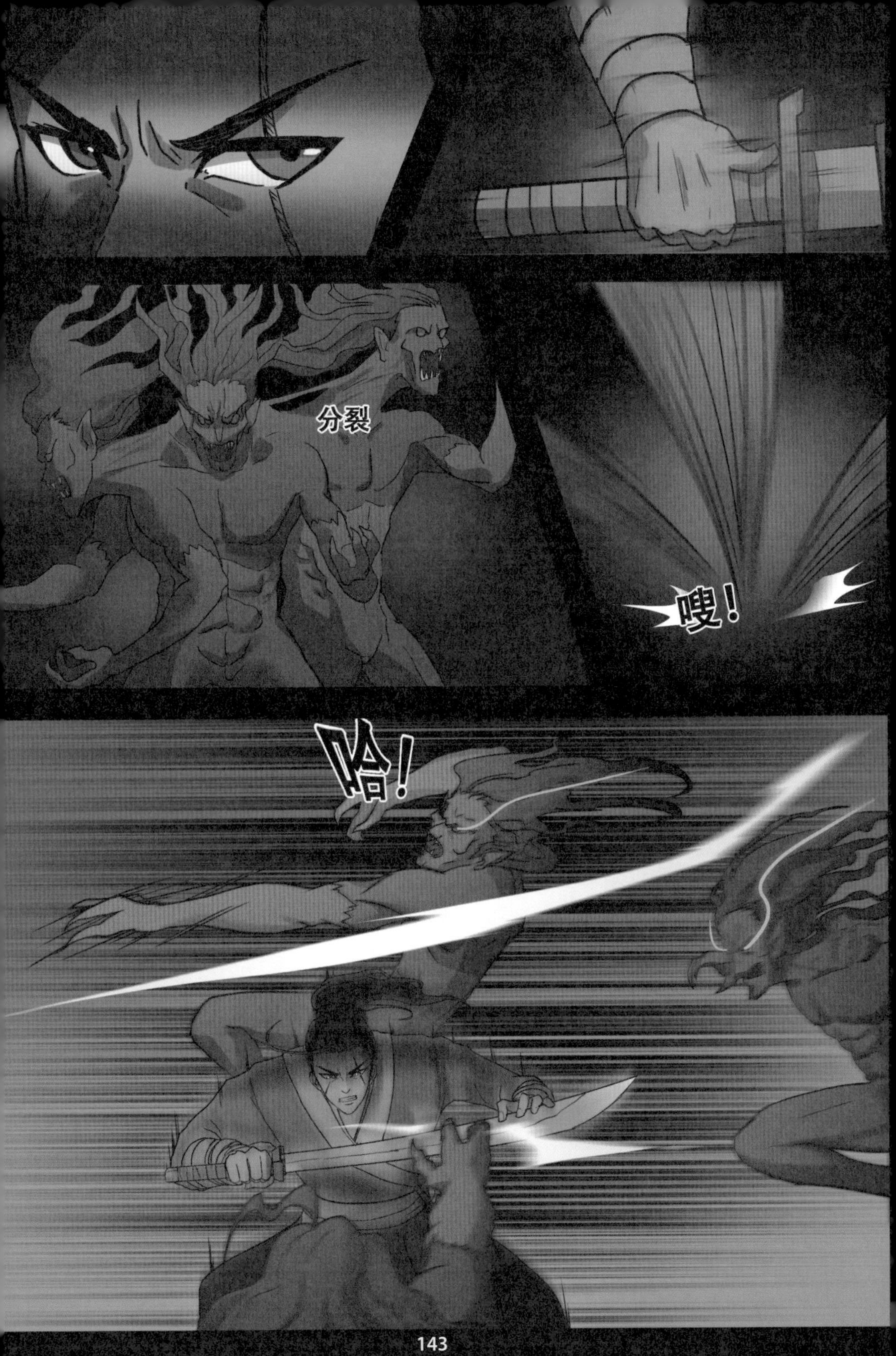
分裂
嗖！
哈！

呼
呼
呼
調頭

嗖！
啾！！！

啪！
噴濺
嗚嗷!!!
!!!

嗖！
嗖！
閃閃紅光

不好！
破出！！

嗖!
消散!
貝兒！
這，這裏是何處？
是誰?!
是誰射死
了老娘的
貝兒?!

你等是人是鬼？
出現

好啊，是你個孩子
射死老娘的貝兒！
真是找死！
呀！

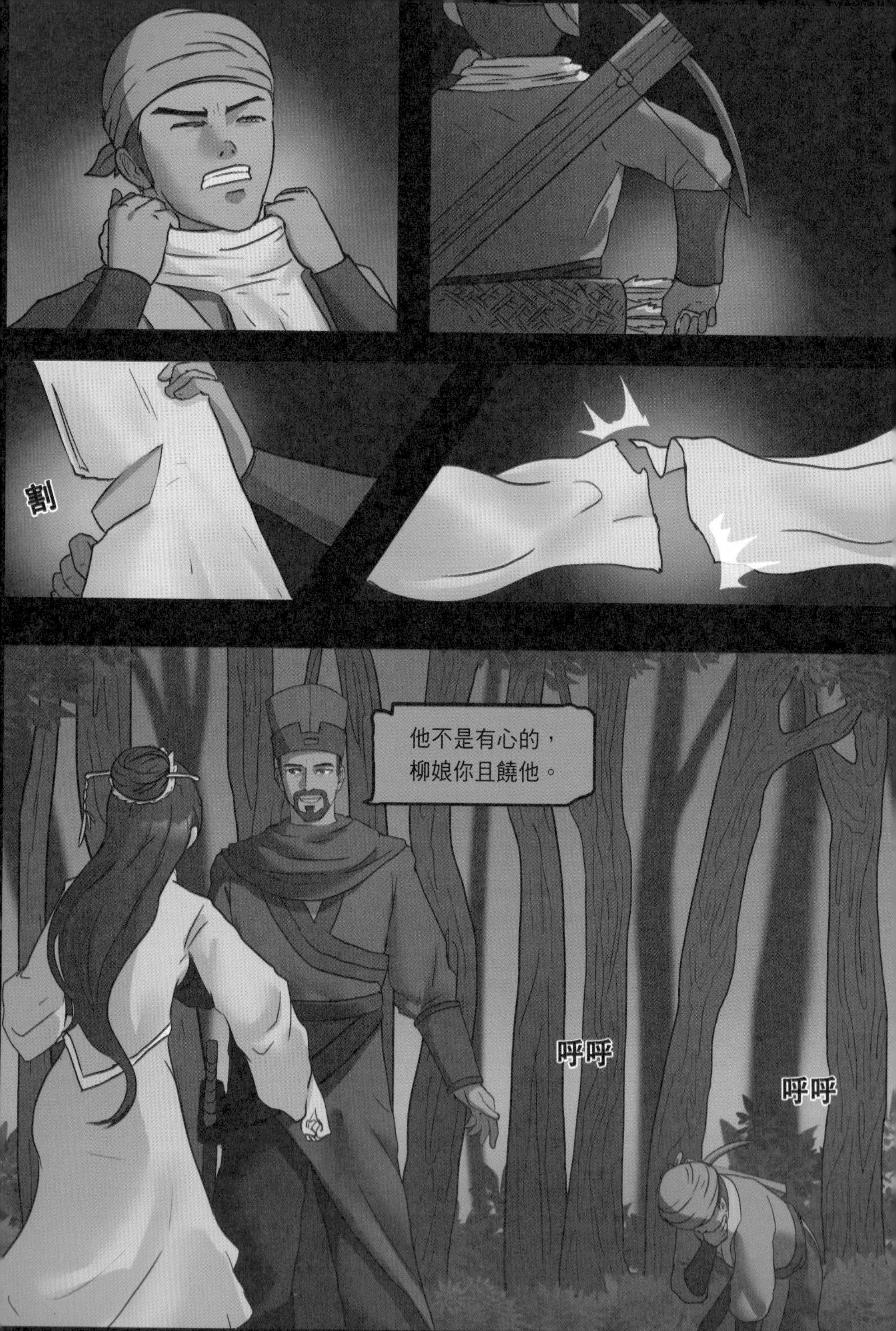
割
他不是有心的，
柳娘你且饒他。
呼呼
呼呼

你莫害怕，我等都是人，方才這些怪異死屍是怎麼回事？
我乃山下獵戶，最近村裏頻頻走失村民，三日前大哥上山打獵不曾回家，我阿娘擔心便獨自來尋，結果也未歸……
我是捕快，你說的情況有多久了？
捕快
有……一月有餘了。
方才我見你等不是凡人，可否幫幫我，救我大哥和阿娘？

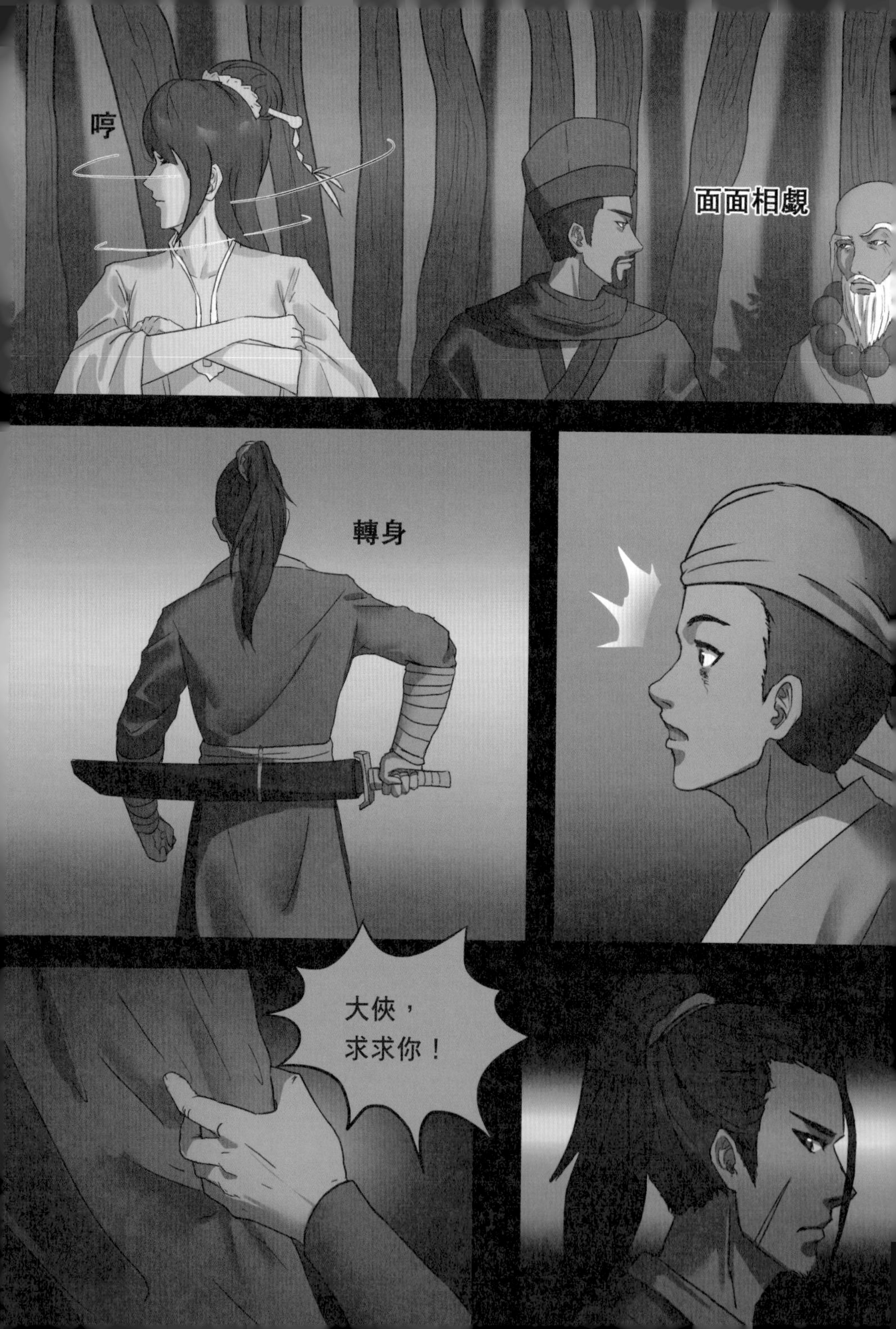
哼
面面相覷
轉身
大俠，
求求你！

我還有要事在身，此事與我無關。
求求你了，大俠，就當我求你！
惡鬼之處，閻王橫過，萬劫冥火，人間烈獄。
你休要神叨，方才你見死不救，如今又說什麼人間烈獄?!

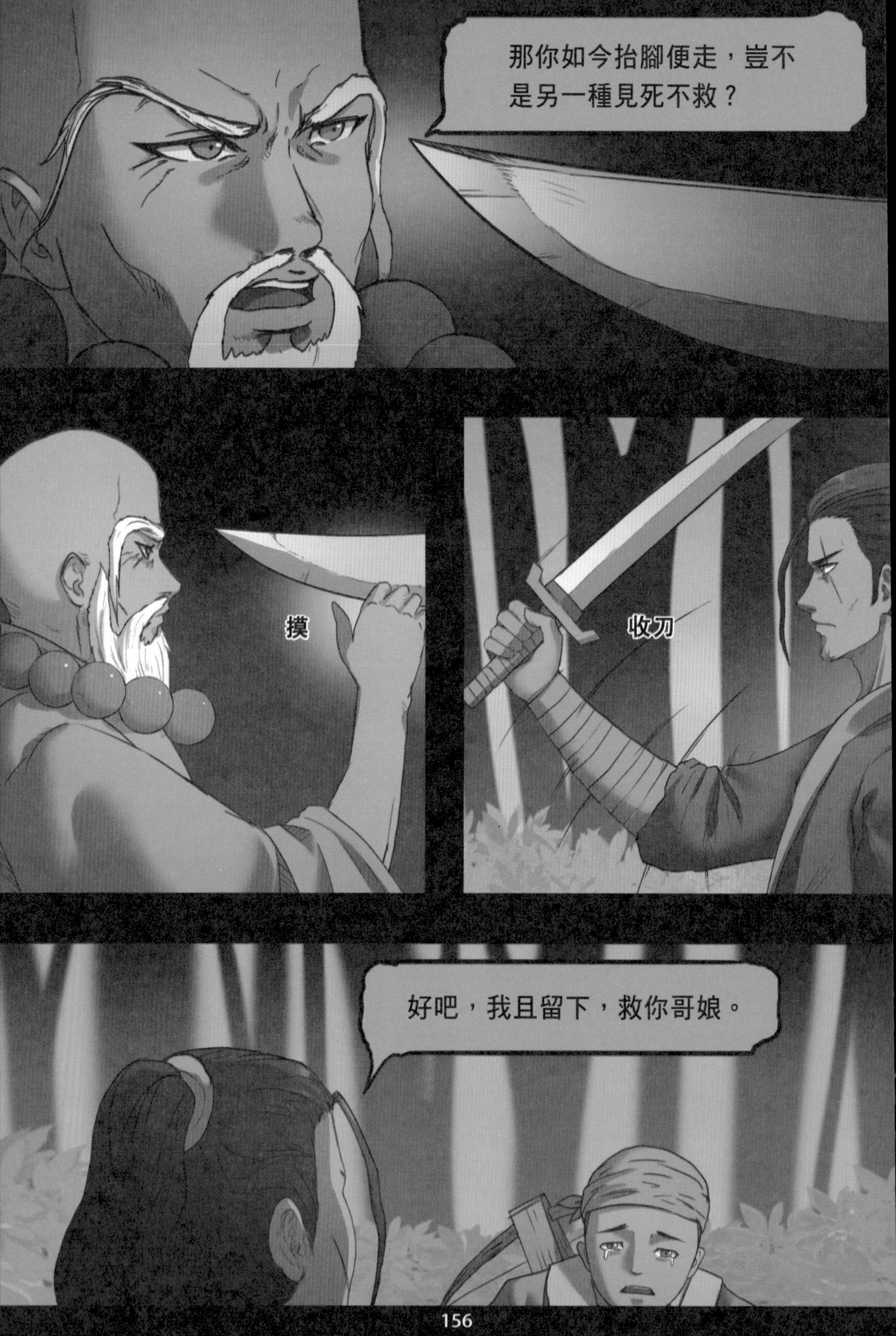
那你如今抬腳便走，豈不是另一種見死不救？
摸
收刀
好吧，我且留下，救你哥娘。

多謝大俠！多謝大俠！
這西域老賊三言兩語便將刀客拴住，當真厲害。
看來他對神符是勢在必得了。

妖氣越往前越重，想必那妖孽就在前邊。
為何大俠一刀落下，妖氣散去，有些村民身首異處，而有些則無事後卻又沒了記憶？
那是身首異處的已死，只是被妖氣所控，那些失去記憶的，是可以保存性命的精氣還未被吸納走罷了。
停住
大俠，怎麼了？

我累了。
那我去汲點水來。
坐下
笑
嘩

哎喲
!!!
撲通

姑娘……你的衣服濕了，穿我的衣服吧！
推
啊！

你害死了我的貝兒，
該如何償還於我呢？
我……
唔!?
哈!
哈!
哈!
哈!

啊!?
哈!
你壞我好事?!

我答應過他，保他哥娘平安與他團聚。你若再亂來，我定殺了你。
唔！
你可知雲山法師激你留下，是為你刀上神符？官人，你可得小心著點。
大家小心！
煙霧繚繞

拔刀
是我。
!!!

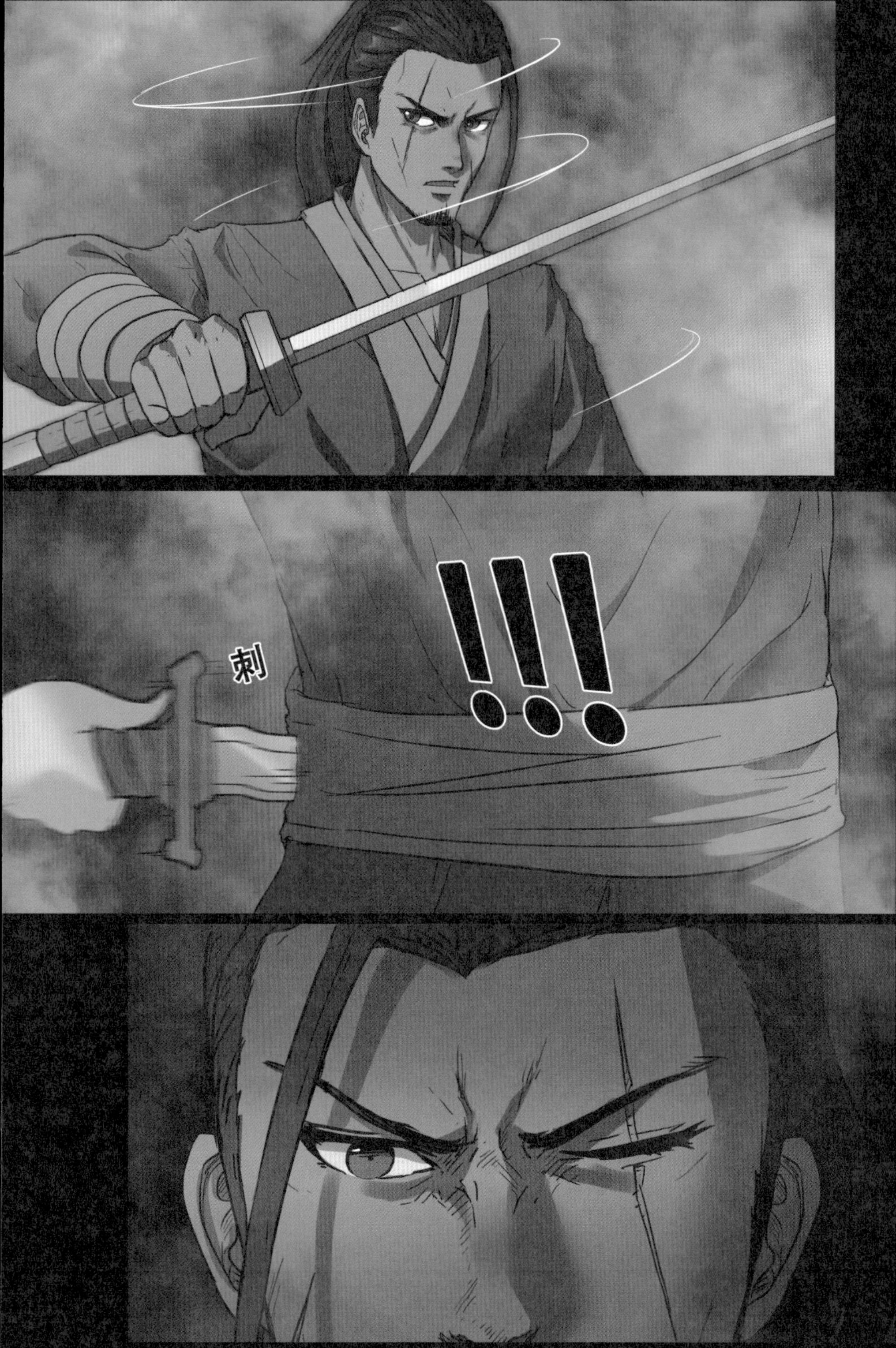
刺
!!!

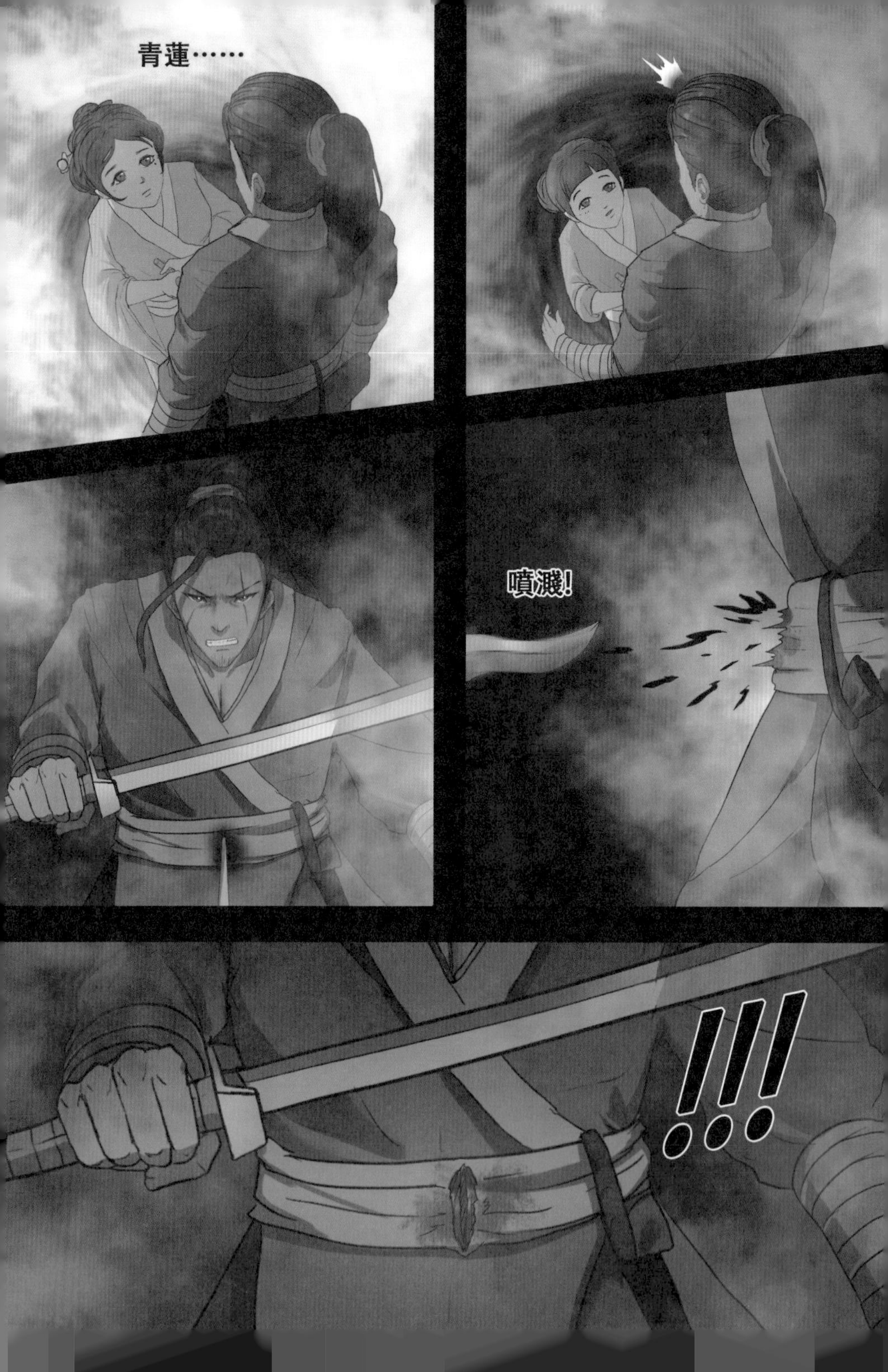
青蓮……
噴濺!
!!!

散開……
你是不是瘋了？
瞪

哈！
鏜！

還不快過來幫忙?!
唉……
你們想做甚?
!!!

你為何會如此之快
恢復精氣？
那是因你方才愚蠢……
你將他精血催入
神符之中，如今
他和神符愈發化
為一體！

一場誤會，一場誤會罷了。大家切勿動氣，這林中妖氣頗多，相互合作方是正經。
哼!
噓！又有動靜！
!!!

他們，他們來過村裡。我見過……
你不是捉鬼的嗎？他們交給你如何？
五奇鬼，又名一目五先生，是一個很奇特的鬼組合。他們變幻多端，老衲不一定能對付。
隱去

我嗅到人肉的氣息。

這附近鄉野無福之人都被我們豢養殆盡，其他人不主動招惹咱們，咱們也不好向他們下手。
小淼!?
我要替小淼報仇！
你要死我不攔著，但不可毀了承諾。

你這衙役制服不是有鎮邪作用嗎？此時畏縮於此是何故？
法師都不出手，你偏叫我去送死？
此時刀客受傷，雲山緊盯不放。若我們不出手，坐等刀客動彈不得，雲山則取了漁翁之利。
你說的不無道理……
起身

就是你等禍害人間，擾鄉鄰百姓？
衝出
哈哈
哈哈
哈哈

……
砍
!!!

彈
砍！
這勞什子廢物！

衝出
嗖！！
裹住
扯！
你個妖娘，還以為你會見死不救呢！

老娘是為了那刀，你別想多了。
今日運氣真好，竟然還有人主動送上門，這可怪不得我們了。
哈哈

這妖艷女人，是我的！
躲開
衝

你和他們不是朋友嗎？
你竟不打算出手相救？!
我說了，這五奇鬼厲害，很難輕易制服，我們還是少管閒事為好。
說來說去，你便是要我這把刀，是也不是？

接著。
笑
嘩！！！
!!?

!!!
合起
蠕動
!!!

砍眼珠，他們就黑了方向。
咔嚓！
!!!
落地
啊啊啊啊！！

撿起
?!

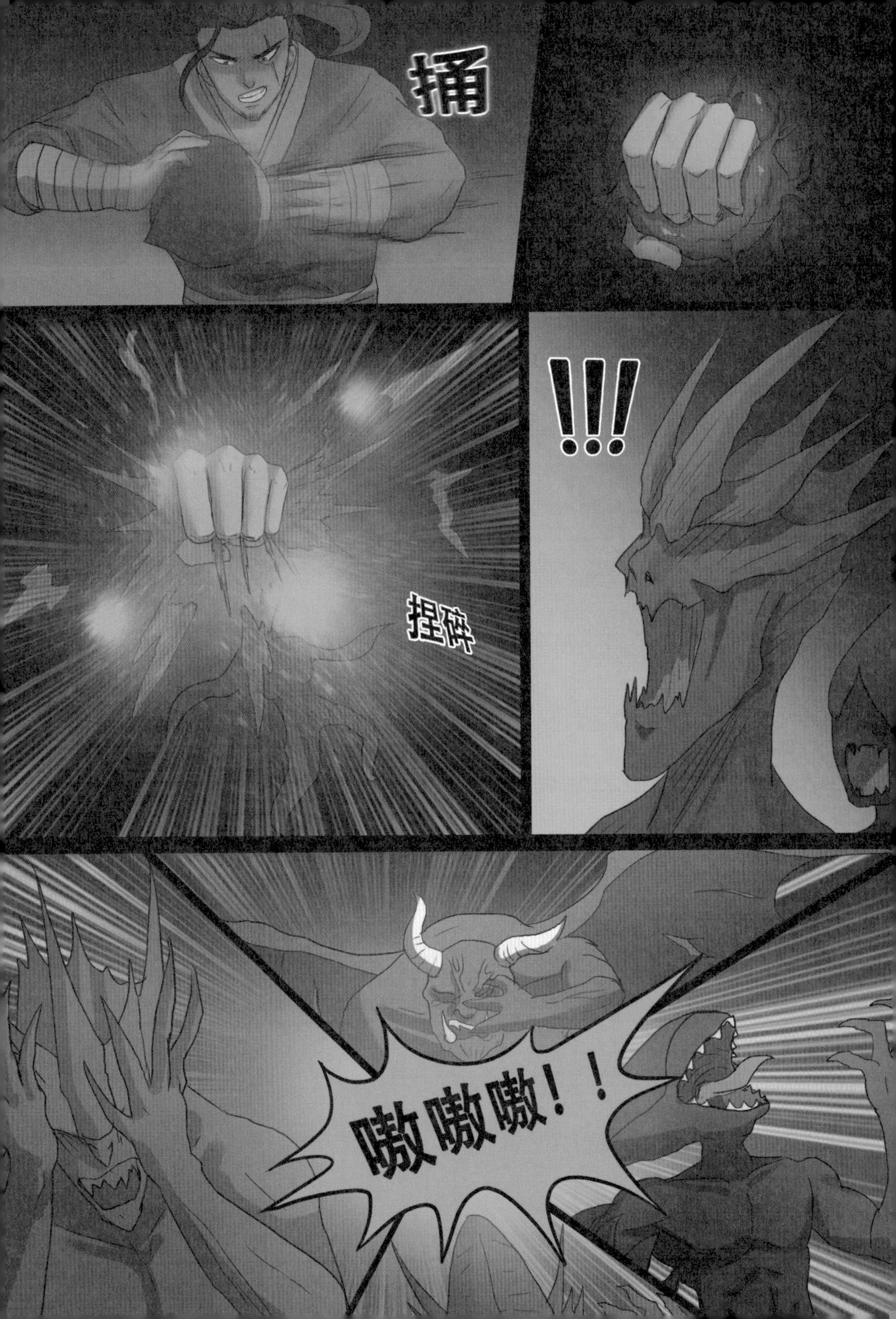
捅
!!!
捏碎
嗷嗷嗷！！

這是何物？
鑽!!!

大俠！
快，快救他！
打滾
!!!
變化

居然變成了這勞什子
玩意兒，當真有意思。
收

要我將你這手臂砍斷嗎？這樣方可保命。
英雄，你怎麼樣了？
我若無臂，如何揮刀？
這刀我使得當真順手。

法師等等！
纏住
!!!
啊——

啊——

哈！
!!!
砰！

碎
接
!!!

!!!
嗖!

停住
英雄！
你可是在喚我？
我是在作甚？這是哪裡……

他們，他們
又來了！
!!!

情況不妙，我需盡快療傷！
青蓮……
青蓮……青蓮……

你不要命了？
青蓮……青蓮……

看來五奇鬼之妖氣已和這混兒合二為一，可驅動人屍為他所用。
那這官人是人還是妖？……
青蓮……青蓮……
吸收
驚醒

你不是
青蓮⋯
⋯
吸收
停下
停下

嗷！
閃
一擁而上

嘖！
變化
停下

踏！
哈！！！
嚓！！！

啪
倒地
倒地
啪
不要——
大哥！

大哥……大哥……
他非你大哥，他乃是這些人屍的統領。
方才這一眾之中，千鈞一髮之際，你是如何飛快鎖定這隱藏的魔頭的？
我看到你娘還活著，跟我來。

嘩——
嘩——

你娘在那邊！
娘——！

娘——
別動！這水裡滿是水鬼，你娘是釣餌。
這，這可如何是好?!
我在這裡念上驅魔經，這些水鬼自然可散。
多謝大師！

我熟水性，我去。
得，奴家就在旁歇會兒。

噗通！
噗通！
!!!

這是為何……
啊！！！
斷開!

嘰哩咕嚕
快！

抓
突然一陣
意念強大，
老衲被打斷
了！
為何不繼續念?!

你這賤人還不來幫忙！
!!!

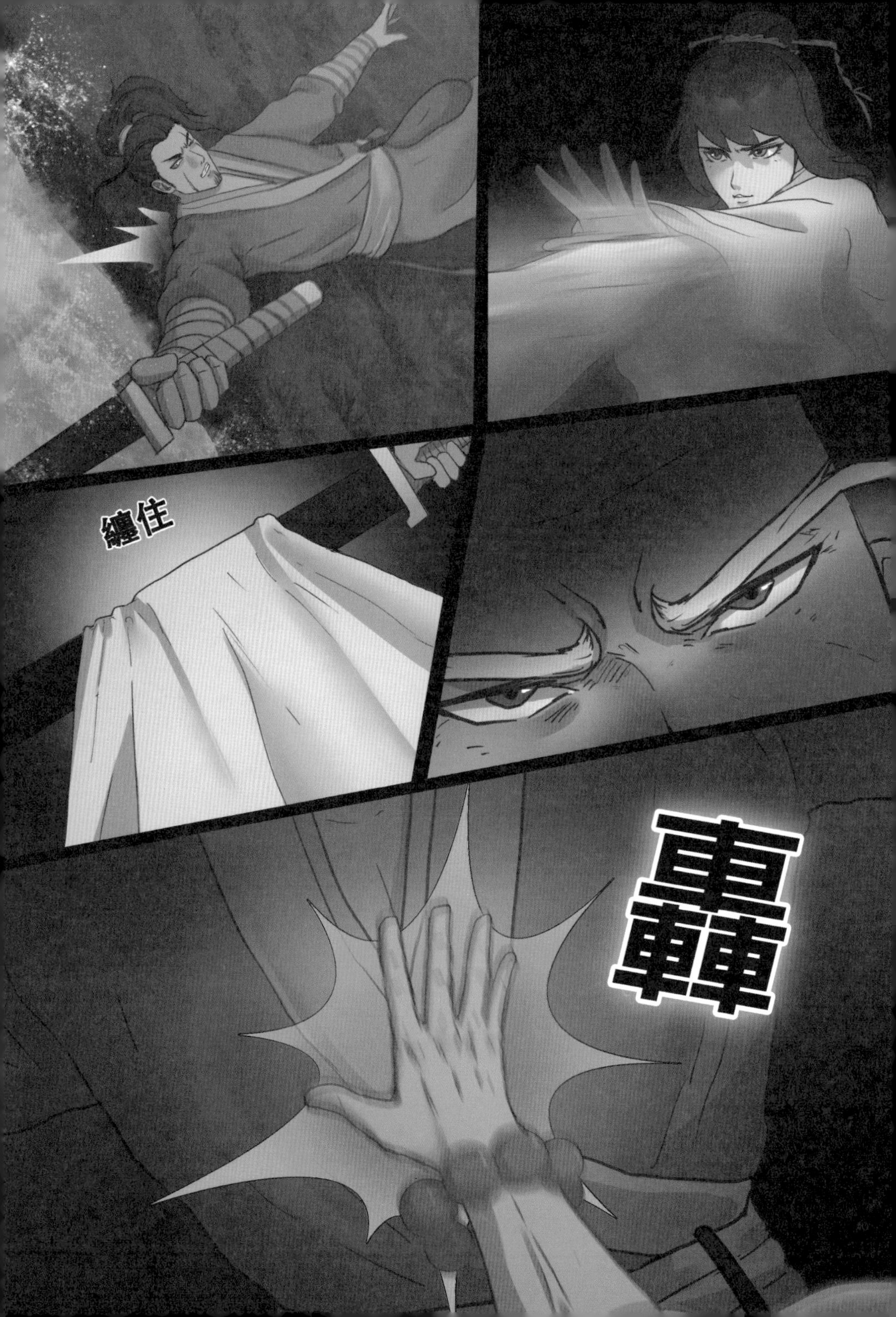
纏住
轟

斷
噗通

亮起
退散！

咦，他們回來了！
賤貨！

呼~呼~
娘!!!
多謝二位英雄搭救，老婦在山下開有酒館，大家隨老婦下山歇息一會，可好？

大好不過，這裡實在邪氣的緊，我等還是早點下山去的好！
不管如何，我們得換了身上這身衣裳，弄些吃食果脯，再做打算。
無量壽佛。

幾位稍候，老婦這就去弄些飯菜過來。
不知可有乾淨的衣裳借我等更換？
有的，二樓客房便有，幾位可上去更衣。
趕快，趕快，這濕答答的，好生難受。

哎……
娘，我幫您。
這把刀，施主是從何處得來？
忘了。

忘了……施主大抵是把自己的前半生也忘了吧！
前半生……
二位在聊些什麼？也給奴家聽聽啊。

這素衣上
也蓋不住
的騷氣。
要你管！
幾位先用著。

來來來，先吃
起來要緊。
喲，我
記得法
師不吃
酒。
大官人定是吃酒的，我們
今晚就不醉不歸如何！
嗯。
嗯……
不過……

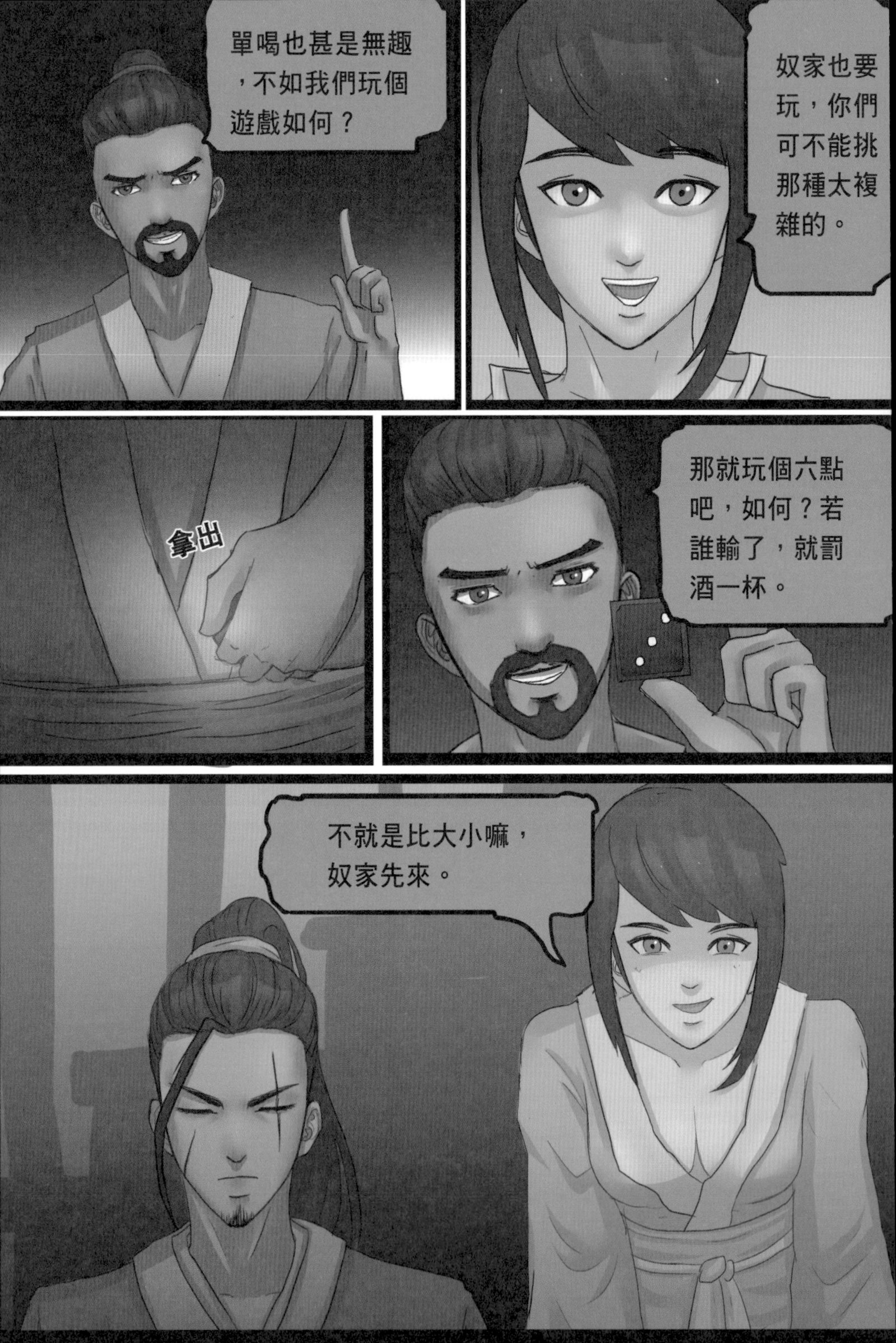
單喝也甚是無趣，不如我們玩個遊戲如何？
奴家也要玩，你們可不能挑那種太複雜的。
拿出
那就玩個六點吧，如何？若誰輸了，就罰酒一杯。
不就是比大小嘛，奴家先來。

若你輸了，你
就脫衣服便好。
也行～不過你
輸了要給奴家
五十文錢哦～
呀，奴家贏了。

裂開

抓
嚓！

纏繞
哈！
咣!!!
飄浮

爆!

幻化
呼——
呼——
呼——
喔?!

你個混犢子，還撿？
不玩了，拿去燒了才放心。
得，老娘累得慌，上樓睡了。天塌了，也別喚我。

前世今生，始而有終，
從來處來，去處去……

吱——

嘶~~
!!!

驚醒
起身
靜——

我是誰，我這是在哪兒？
翌日
伸
滑

哎喲!
擠
接住

多謝官人。
柳娘……
你就別癡心妄想占人家便宜了，小心刀兄將你剮了去。

哼
來來來
婕婆，你這兒的酒當真美味，我都捨不得離開了。

若是幾位賞臉，不嫌簡陋，可多住幾日。
一定一定。
都說當今萬歲家的酒才是真正的瓊漿玉液，喝上一口可回味半生，對世俗酒水再無眷戀，不知是真是假。
皇家都是貢酒，自然是世間最好的。

真想不到你這混懦書生還是個天生奴才，有這志向為何不乾脆進宮報效朝廷，也好讓那皇帝給你舔鞋的機會？
啪！
你這勞什子巫師說什麼呢！我是堂堂京中捕快，才不是什麼混懦書生！你說這話，可是存了大逆不道之心！

好你個禿頭怪物，我今日便要好好和你說道說道！
我又不是朝廷鷹犬，何來大逆不道。
試試就試試！
你再放肆一聲試試？

哎喲，你們這是作甚啊？
好端端地，說話就說話，別傷了和氣呀～來，奴家給你們斟酒～
哼
倒

嘖！
哼！
哎呀，法師真是好酒量，來，再來一杯～
一杯復一杯

指
你們兩個青蔥小兒知道甚？
老衲乃是來自異界之巔……
呵呵
你這巫師莫不是喝醉了。

就曉得，便是說了你們也不會信。唉……老衲從異界來到這裡之前，也不知道世界之外還有另外一個世界。
你們可知界平移？
搖晃
界平移？那是何物？
界平移……

界平移便是兩個世界平移成一個，
那時太陽，月亮，星星都將從雙份
合為一份。

是一種天文奇觀，它帶來的豐饒物
資，是一種奇妙的恩賜……

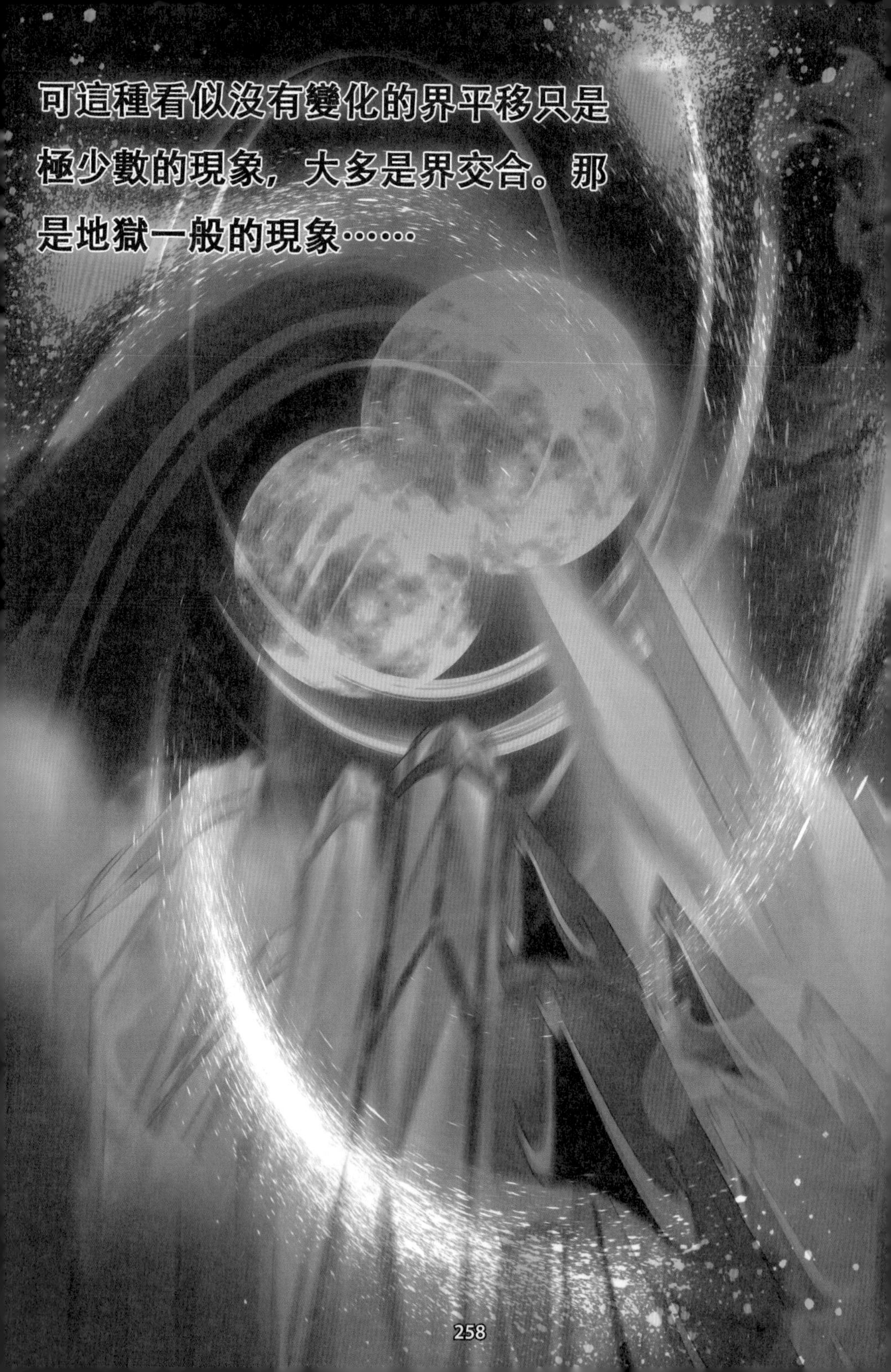
可這種看似沒有變化的界平移只是極少數的現象，大多是界交合。那是地獄一般的現象……

融合

日不成日，月不成月，世界萬物形
態變異。若是運氣好可維持原貌，
亦無法在乾枯成災的大地生存。

你們可知我原來的
世界是什麼樣子？
嗤嗤
那是一個天地無界限
，萬物皆神奇……
他當真是喝醉了。

……
……我知道你們不信，不過我可以告訴你等，這裡是我逃來的第九個世界了。要是這個世界再一次界交合時，你們可就慘了。

一飲而盡
他醉了，我扶他上樓。

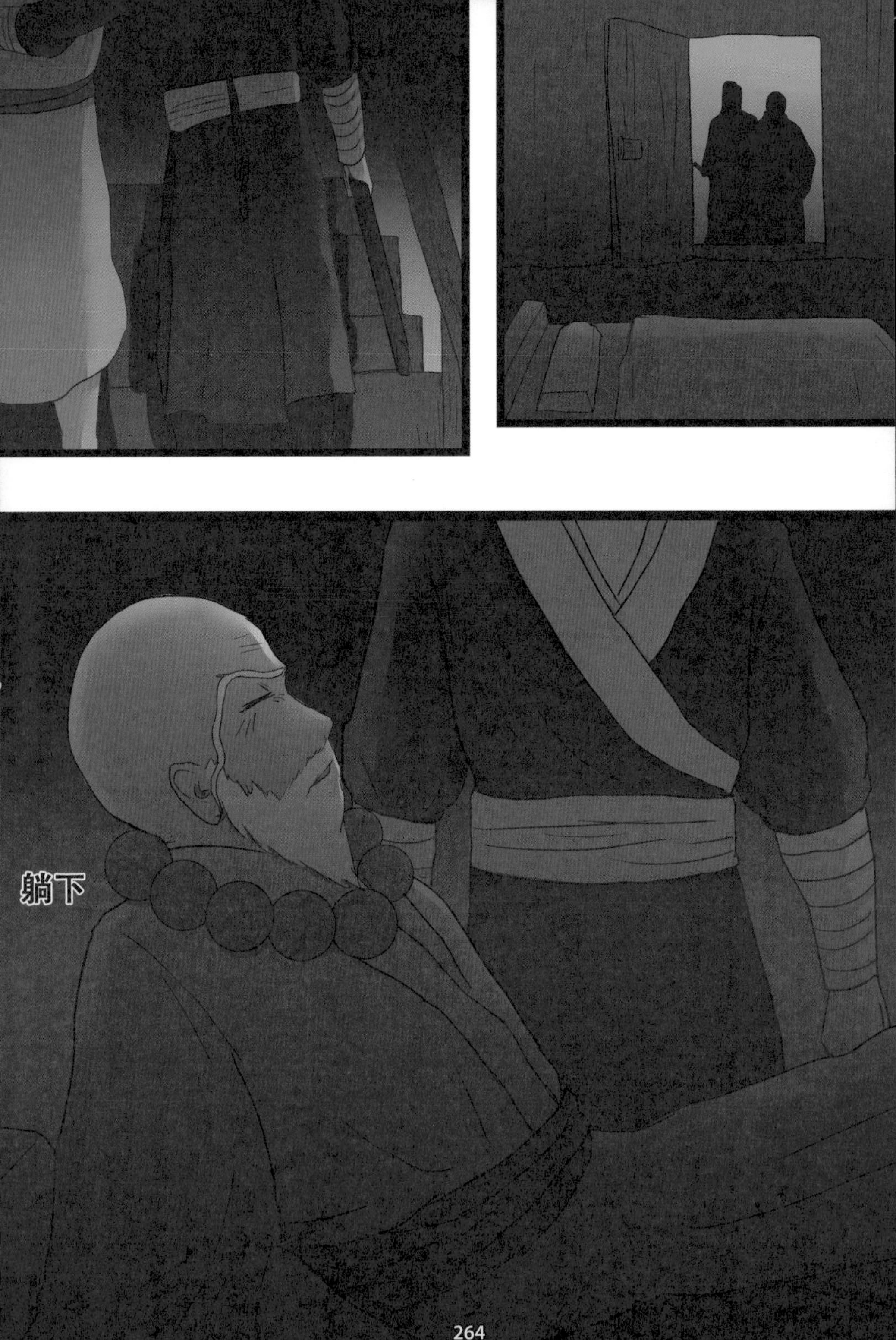
躺下

嗡一
你是如何來到這裡的？
說！

玄機有道，凡人莫擾……

……
鼾聲大作——

呼～～
呼～～
呼～～
!

怎麼，你當真相信
那老禿的胡言？
雲山說的有鼻子有
眼，彷彿真有……
哈哈哈……早些睡
吧，別做夢了。

～♪♫
呀！！

哎喲！
青蓮……
青蓮……
???
誒 !?

青蓮……
怔
青蓮，今日是你我成親的好日子。
哈?!

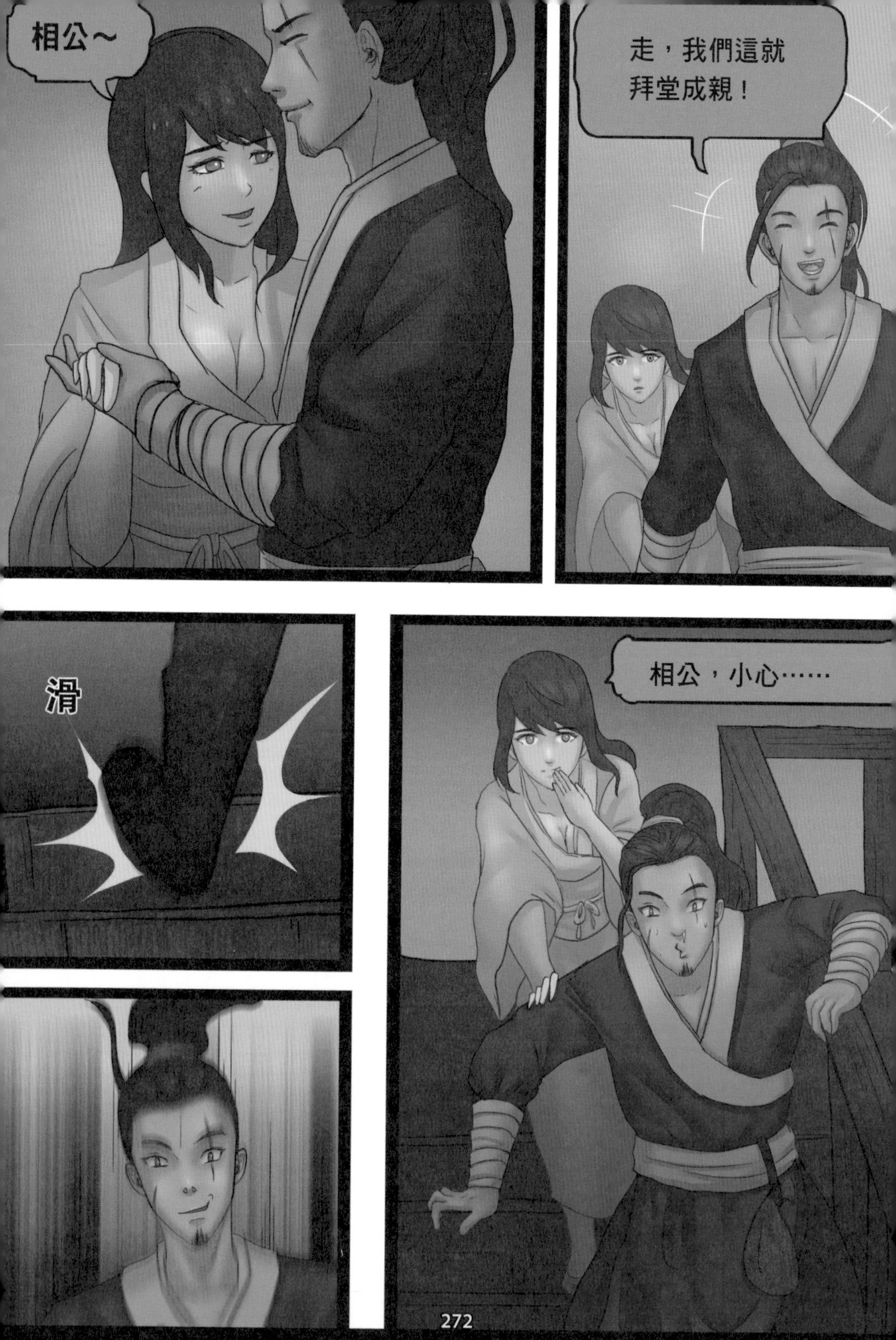

相公～
走，我們這就
拜堂成親！
滑
相公，小心……

大娘，多謝遠道而來參加我和青蓮的婚禮。快，快坐。
婚禮？

侄兒，你也來了，真好！
侄兒……？
怎麼回事？
他是吃錯藥了？
還是我醉了？
老娘這也不知就裡啊……
你是？

無妨，無妨，來我婚堂的皆是貴客！這邊坐！
???
咳咳……
咦，青蓮，你怎麼不穿喜服，這身打扮?!
這不是方才被你拉下來見客，還來不及嘛！
瞧瞧，這喜宴也沒來得及擺上呢！

是了是了，哎，我該去買些酒菜！
侄兒！快！去牽馬，隨我去買些酒菜回來！
……哎，好。
相公，記得給奴家買些胭脂水粉回來。
行，聽我家婆娘的。

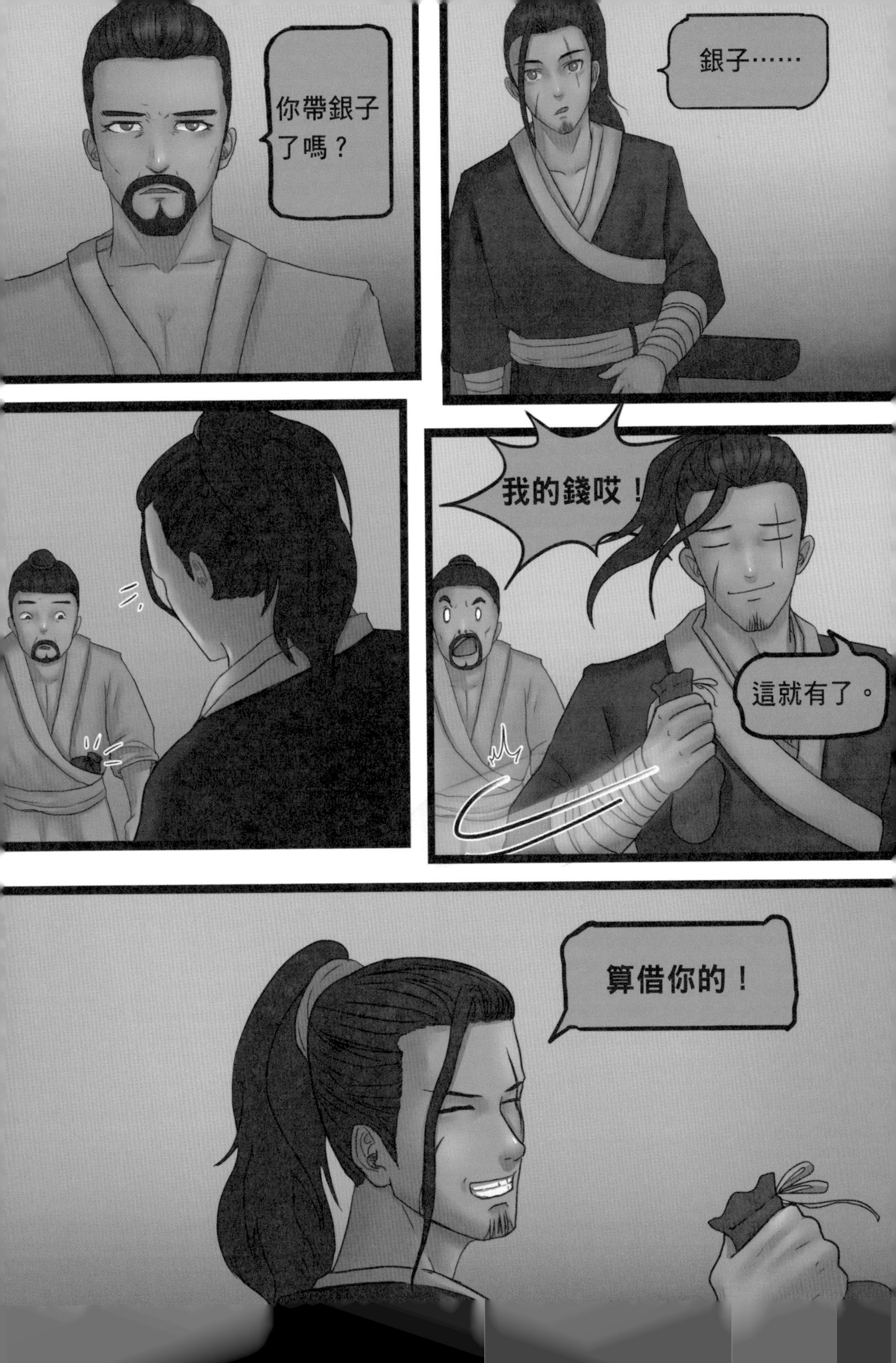
你帶銀子了嗎？
銀子……
我的錢哎！
這就有了。
算借你的！

誰讓你個勞什子瞎提醒，真是活該。
他是當真傻了呀。
又犯病了。真真是把老娘當成他家醜婆娘了。
你怎知人家婆娘不比你美上千倍？

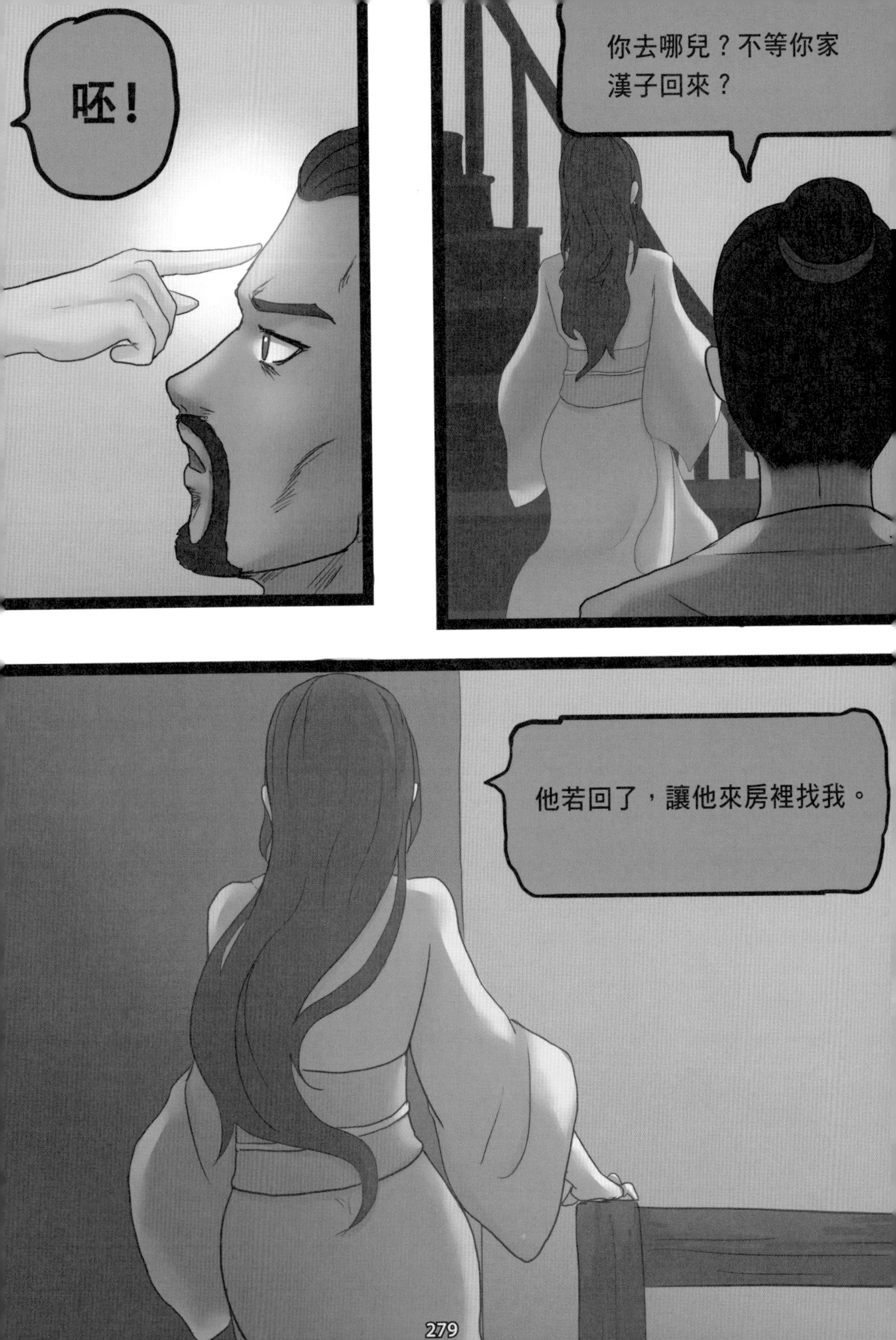
呸！
你去哪兒？不等你家漢子回來？
他若回了，讓他來房裡找我。

撩開

熱氣升騰

開
娘子，我回來了。

相公~你回來了~

等等！
相公真急呀～
唔……

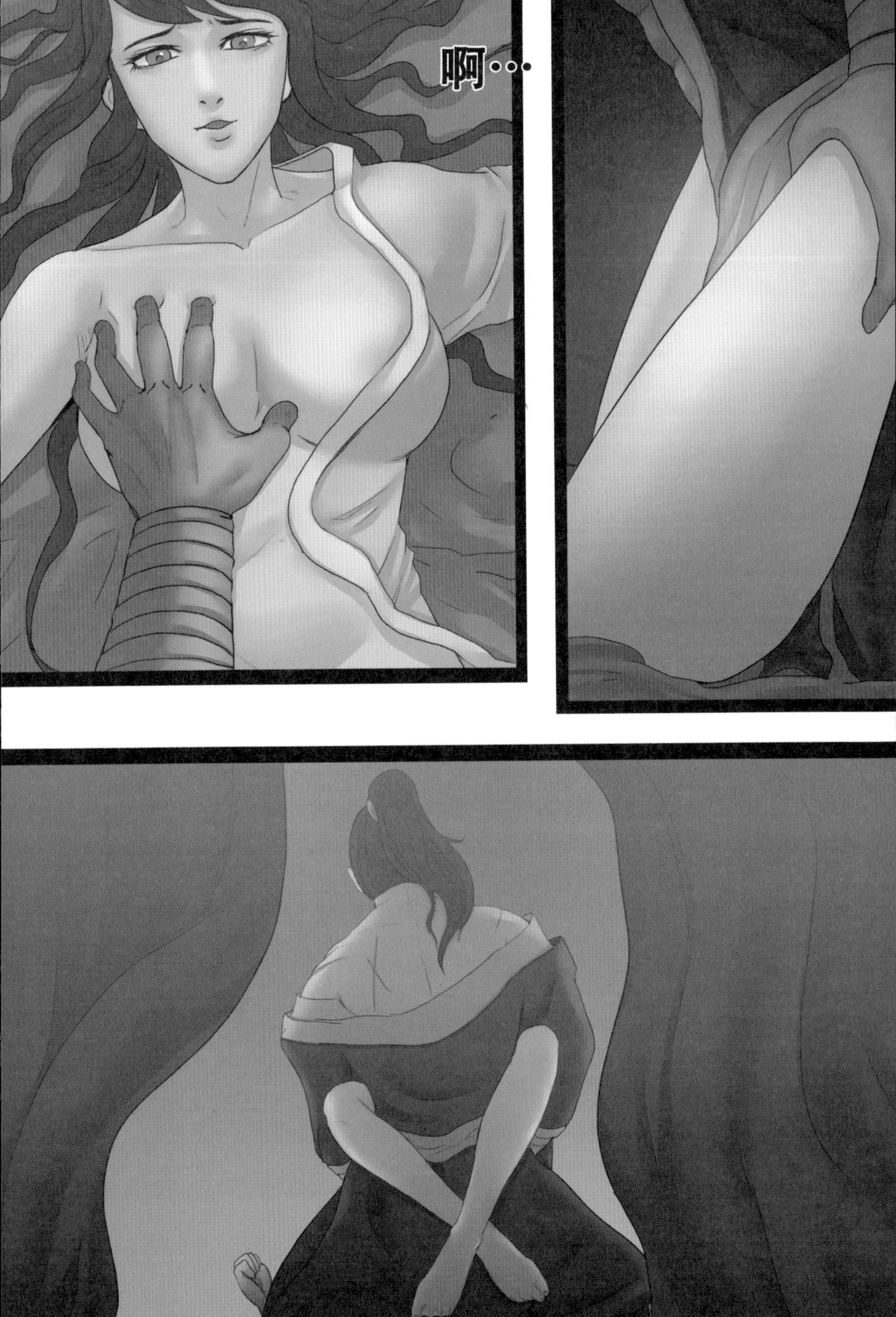
啊…

娘子？
看你平時舉著大刀倒是挺威武，怎麼這裡就連一把水果刀都不如！

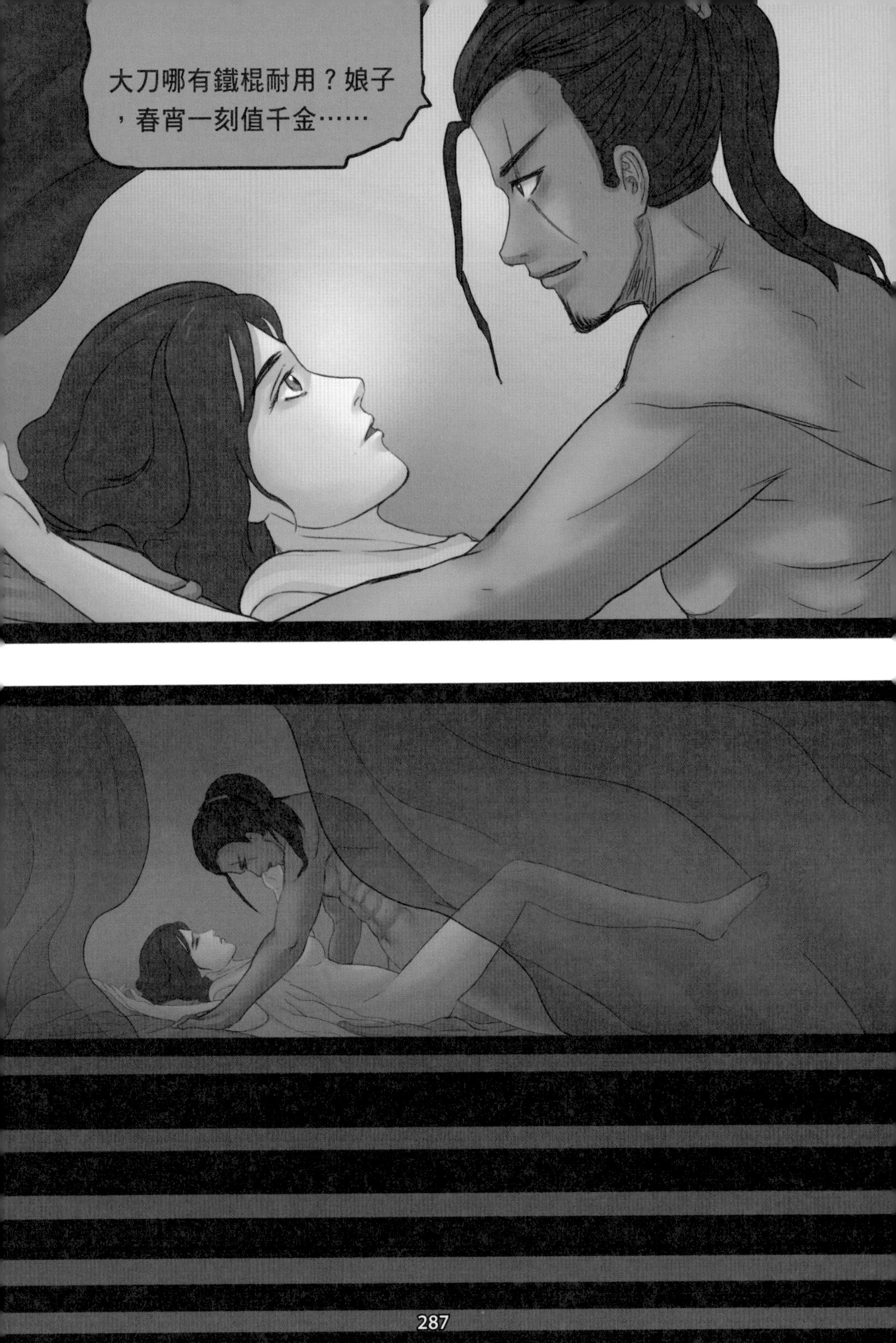
大刀哪有鐵棍耐用？娘子，春宵一刻值千金……

才十幾息後……
瞧你這出息……

喔？……
這位高僧也是為我和青蓮
的喜事而來吧，不勝榮幸
！那我乾了，大師隨意！

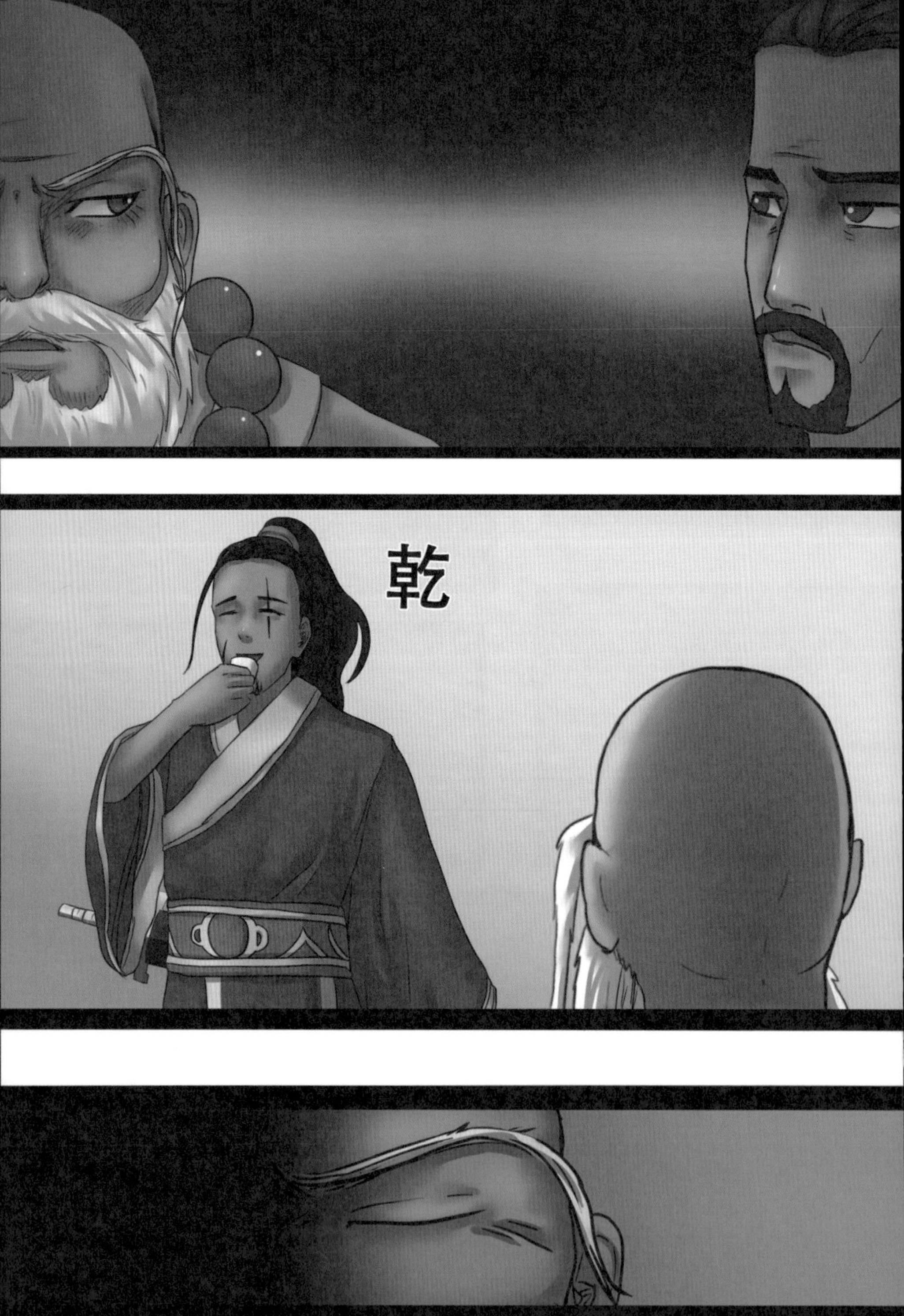
乾

老袖之前說的異世界，
當今聖上也是知道的。
哦？
瞟
哈

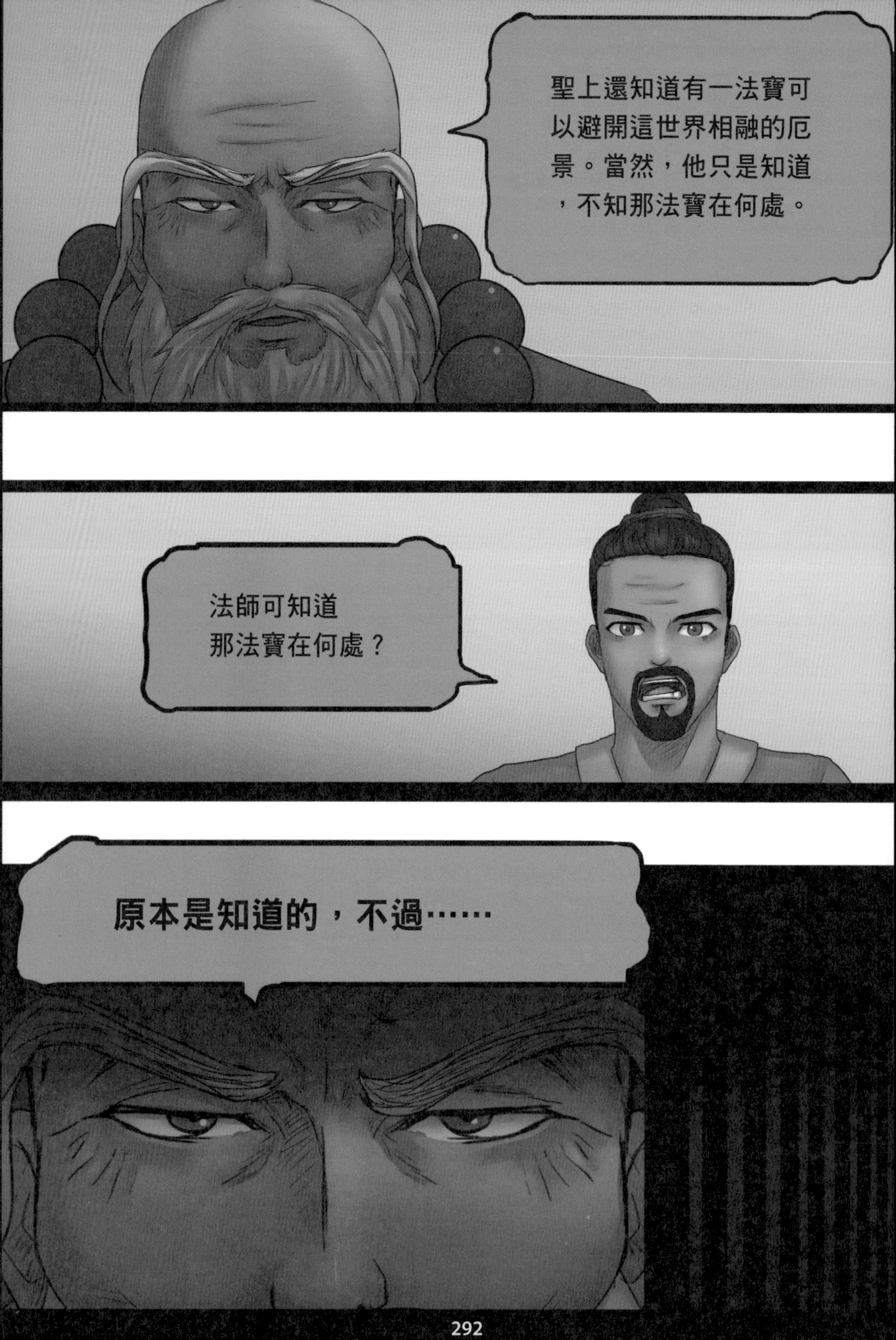
聖上還知道有一法寶可以避開這世界相融的厄景。當然，他只是知道，不知那法寶在何處。
法師可知道那法寶在何處？
原本是知道的，不過……

在那個世界裡，我們也有皇帝。皇帝的功法比我們更加厲害，而我等的存在威脅到了皇帝專制。

那天，皇帝帶兵剿了我們的法師工會……

在那裡，魔法火焰無法熄滅，我的很多同僚就這樣活活地燒死在那裡……
啊啊啊！！！
啊啊啊！！！

等我趕到的時候，荒漠成地獄，同僚成燃火骷髏……

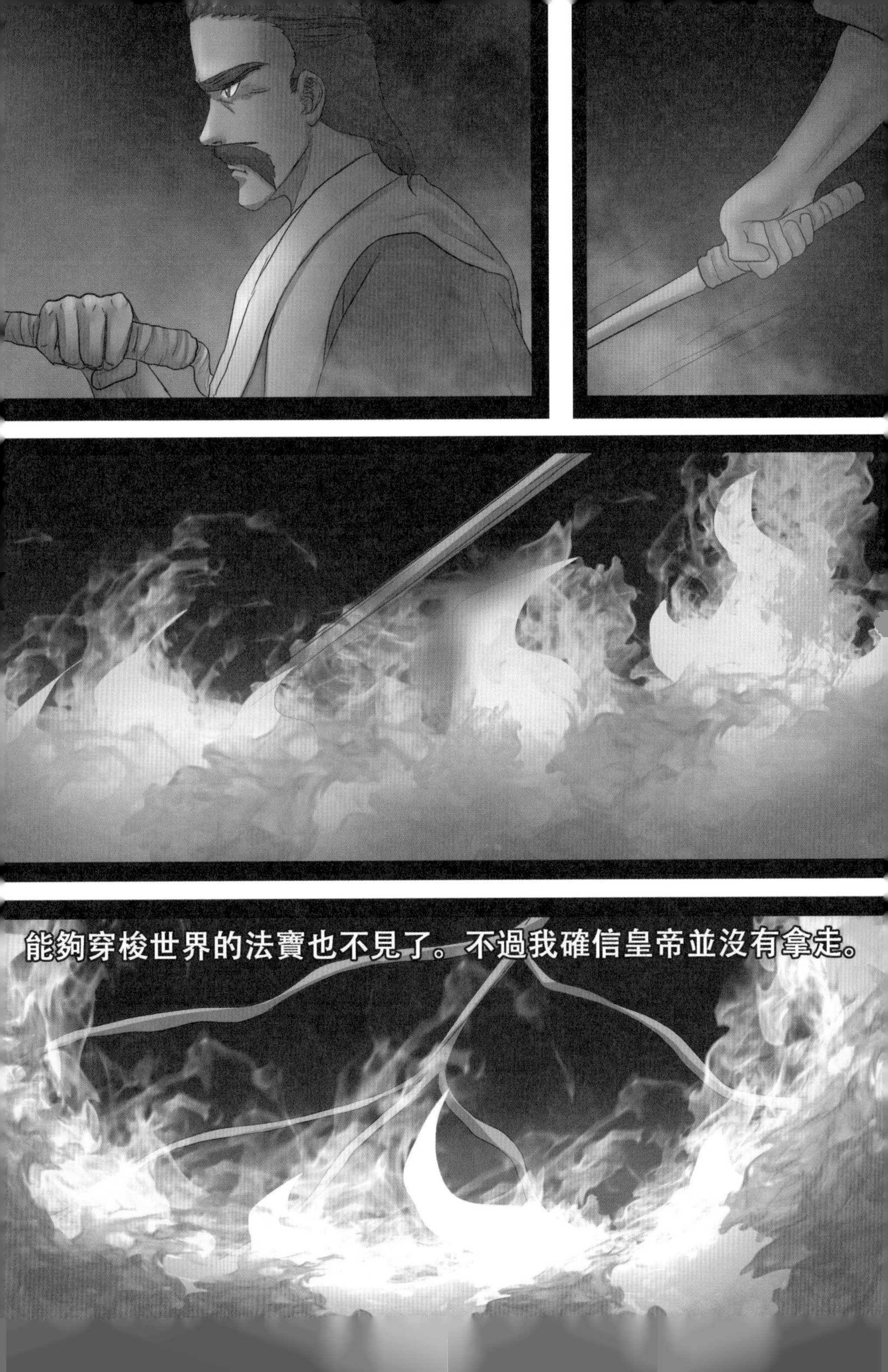
能夠穿梭世界的法寶也不見了。不過我確信皇帝並沒有拿走。

吱吱——
吱吱——

哎哎，你如何知曉你們的皇帝沒有拿走那法寶？
若被這個暴君拿走，估計就不存在當今聖上了。
此話有理……
對不住，你大婚之日老衲不該說這些。

你知道就成，
這些不吉利。
他真的傻了
不成……
一番敬酒下來
娘子……我歡心，
嗝，我當真歡心……

是是，相公歡心就成。

還不幫忙扶他上去?!

娘子，你怎麼生氣了……
沒有，沒有。相公，你，你喝醉了……
不，沒，沒喝醉。

青妙？青妙你也來了……
今日起，我，我便是你姐夫了。
嘿嘿嘿……

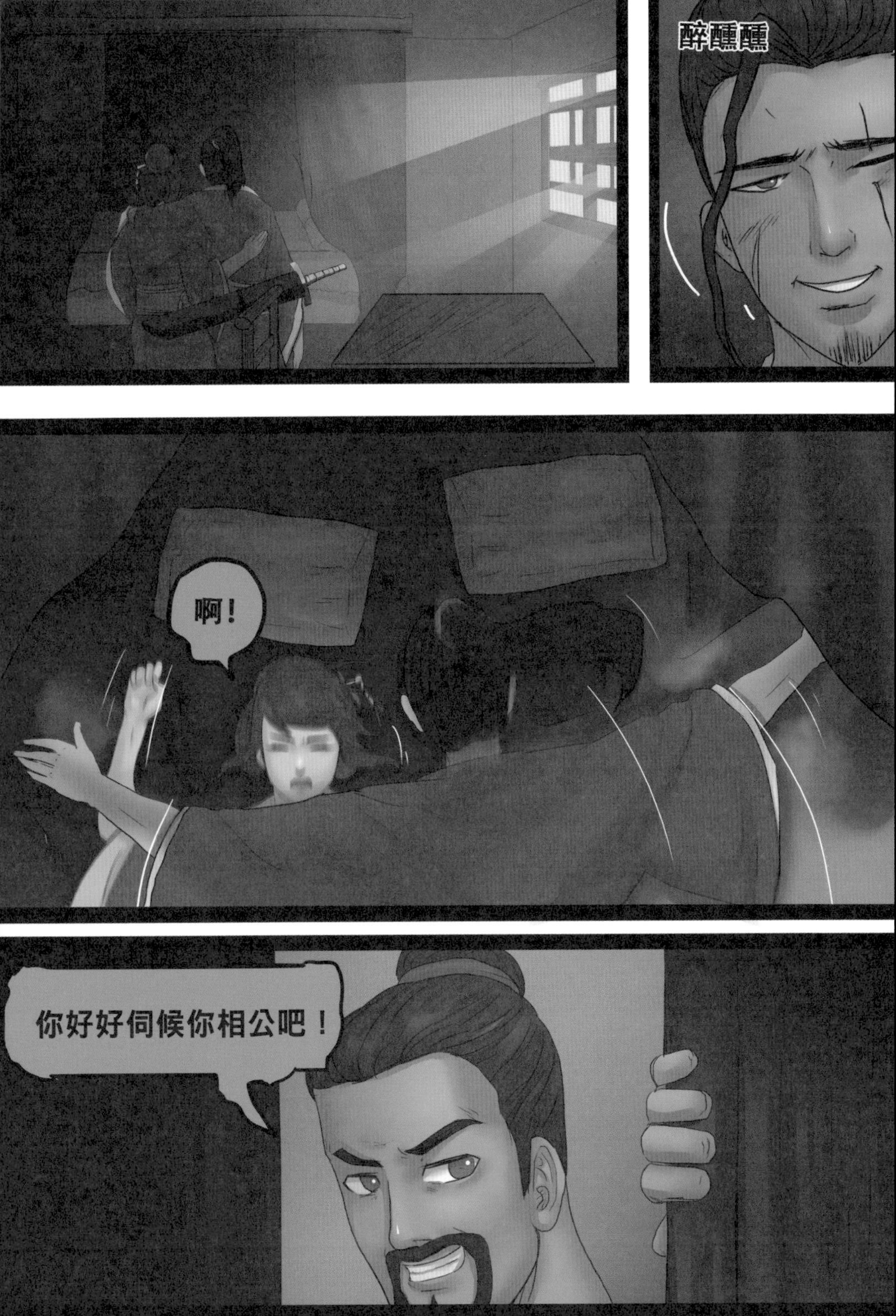
醉醺醺
啊！
你好好伺候你相公吧！

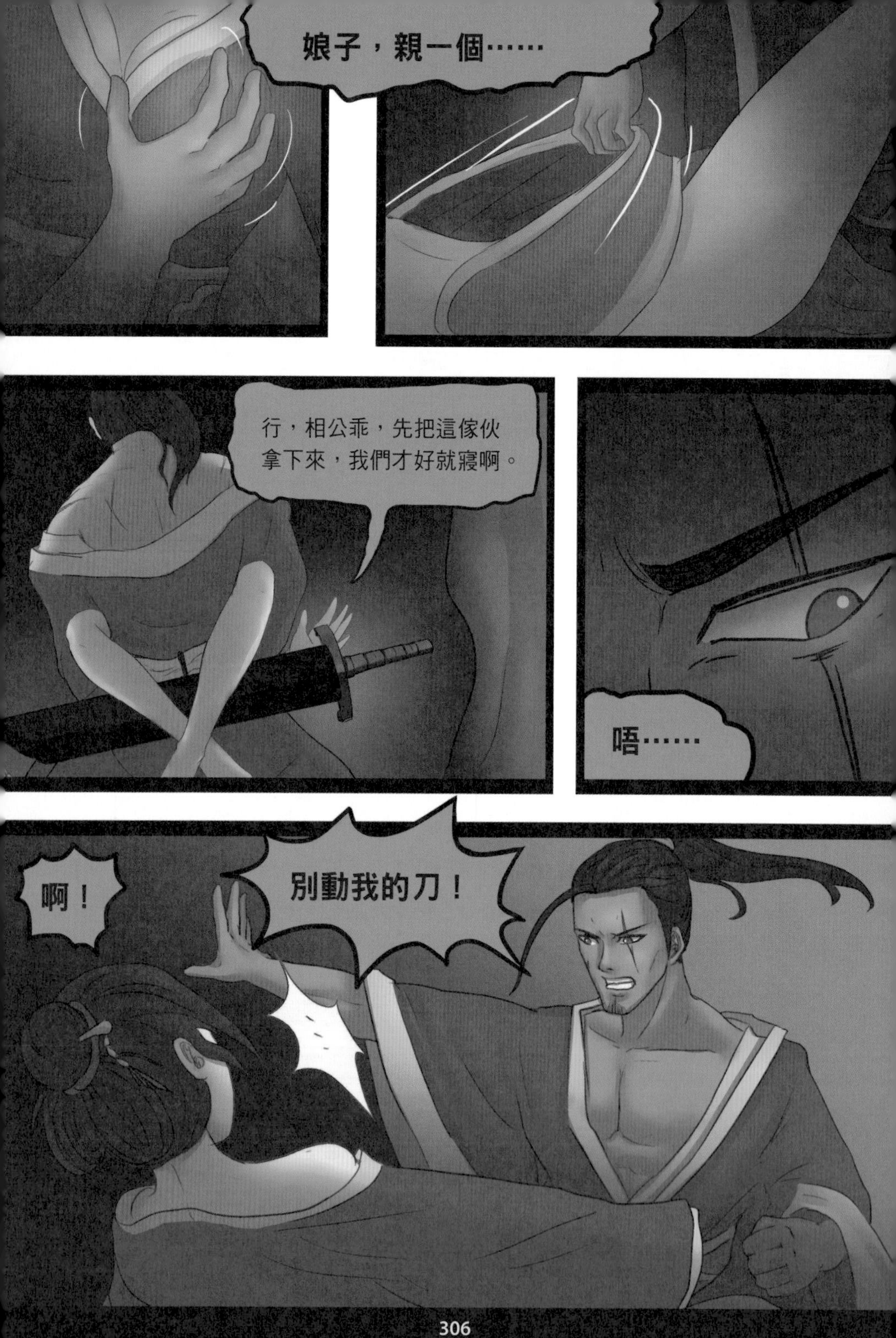

娘子，親一個……
行，相公乖，先把這傢伙拿下來，我們才好就寢啊。
唔……
啊！
別動我的刀！

驚
娘子，你沒事吧？
啪！
你自己睡吧，
臭男人！

啊！
哎，你！

呲啦——

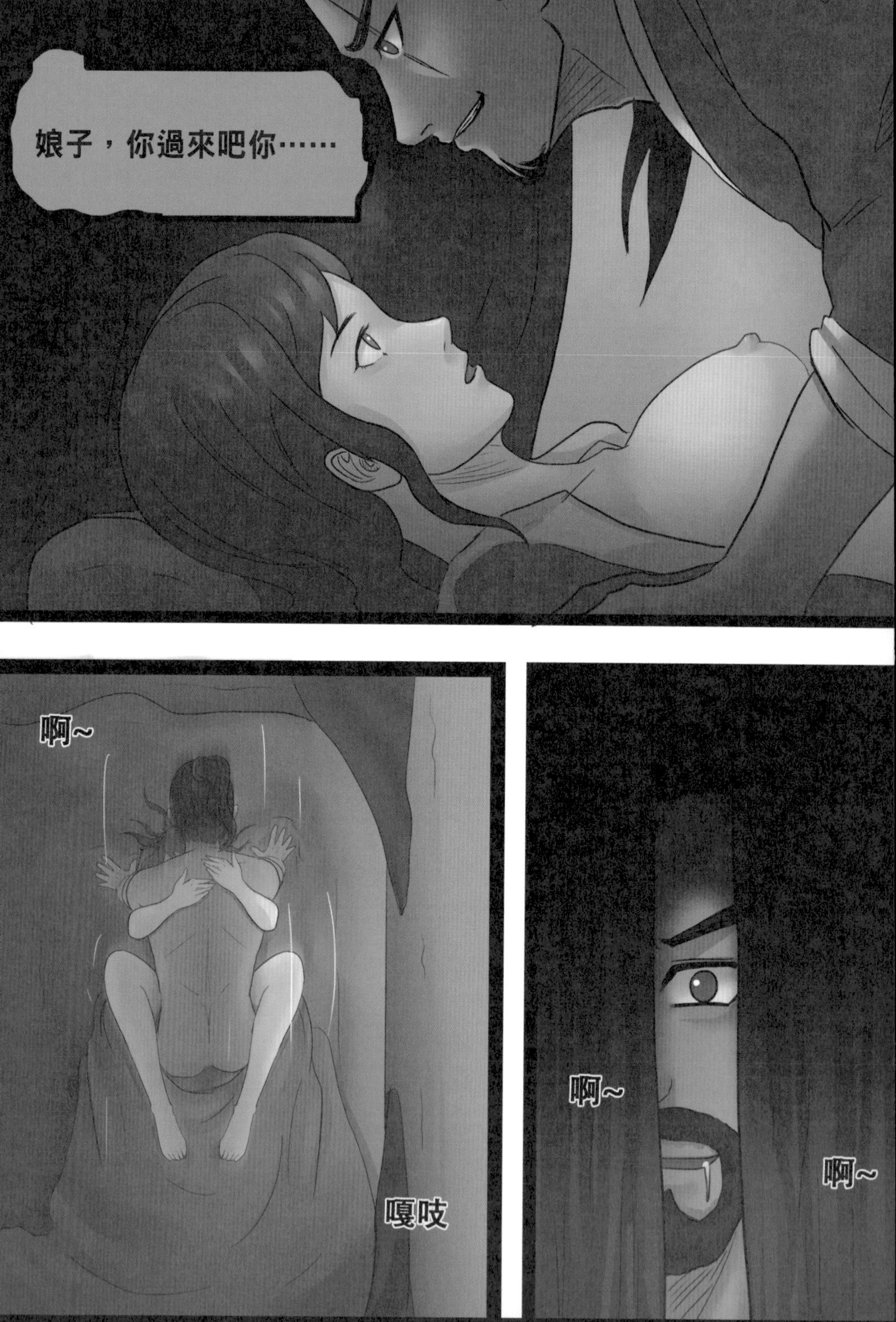
娘子，你過來吧你……
啊~
嘎吱
啊~
啊~

呼～
呼～

唔——

嗟嗟嗟
皇上，微臣查到兵部侍郎陸北燕生有反骨，他在家中私畫京城防部圖，還在郊外皇陵秘密訓練兵馬，似有所圖！

皇上，不要！皇上有所
誤會啊！皇上──
皇上，不要！

啊——
噗通!!!

啊——唔——
—救命——
!!!

伸出！
!!!

永遠效忠皇上——
皇上萬歲——
永遠效忠皇上——皇上萬歲——

永遠效忠皇上——皇上萬歲——
永遠效忠皇上——
皇上萬歲——
無名。

!!!
驚醒!

相公，你醒了……
誰是你相公！莫亂喊！
昨兒個你拖著人家拜堂，還不讓人走，不記得了？

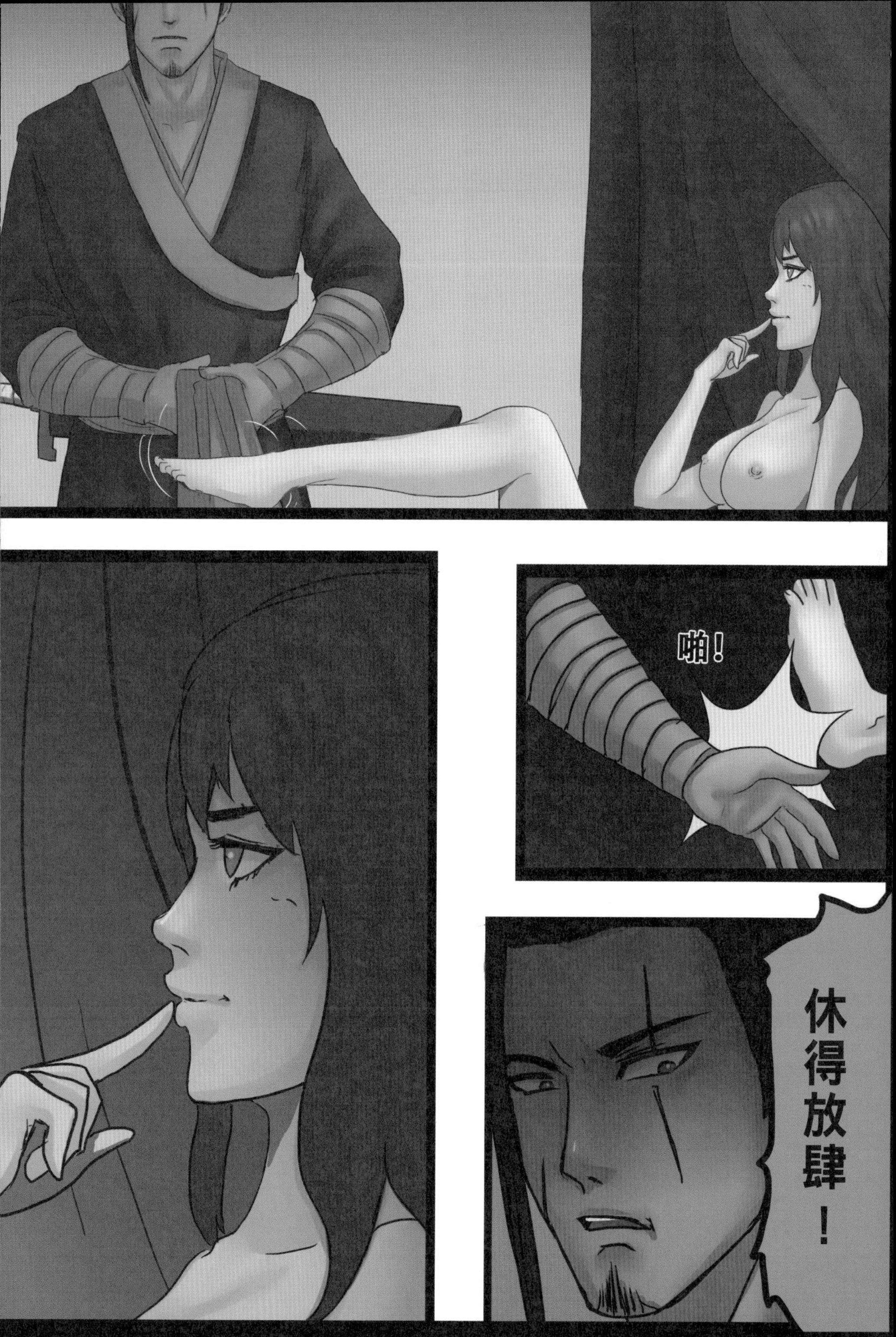
啪！
休得放肆！

我身上還有皇命在身，暫且不和你這妖婦多做計較。
哎哎，你當真忘了？還是想始亂終棄，不想負責？
皇命？

你這混帳東西！
嗖！
啪！
喲，這是怎麼了？才過新婚之夜，這一大清早怎麼就給罵上了？

你家新郎官這是要去哪兒？
倒
誰知道！

一夜功夫，傻樣看似全消，心裡卻更傻了，說什麼皇命在身，神神叨叨地就出去了！
皇命？

難不成他真把雲山法師的話聽進去了？

什麼話？

想知道？
？

笑
?!
你是說還是不說啊?

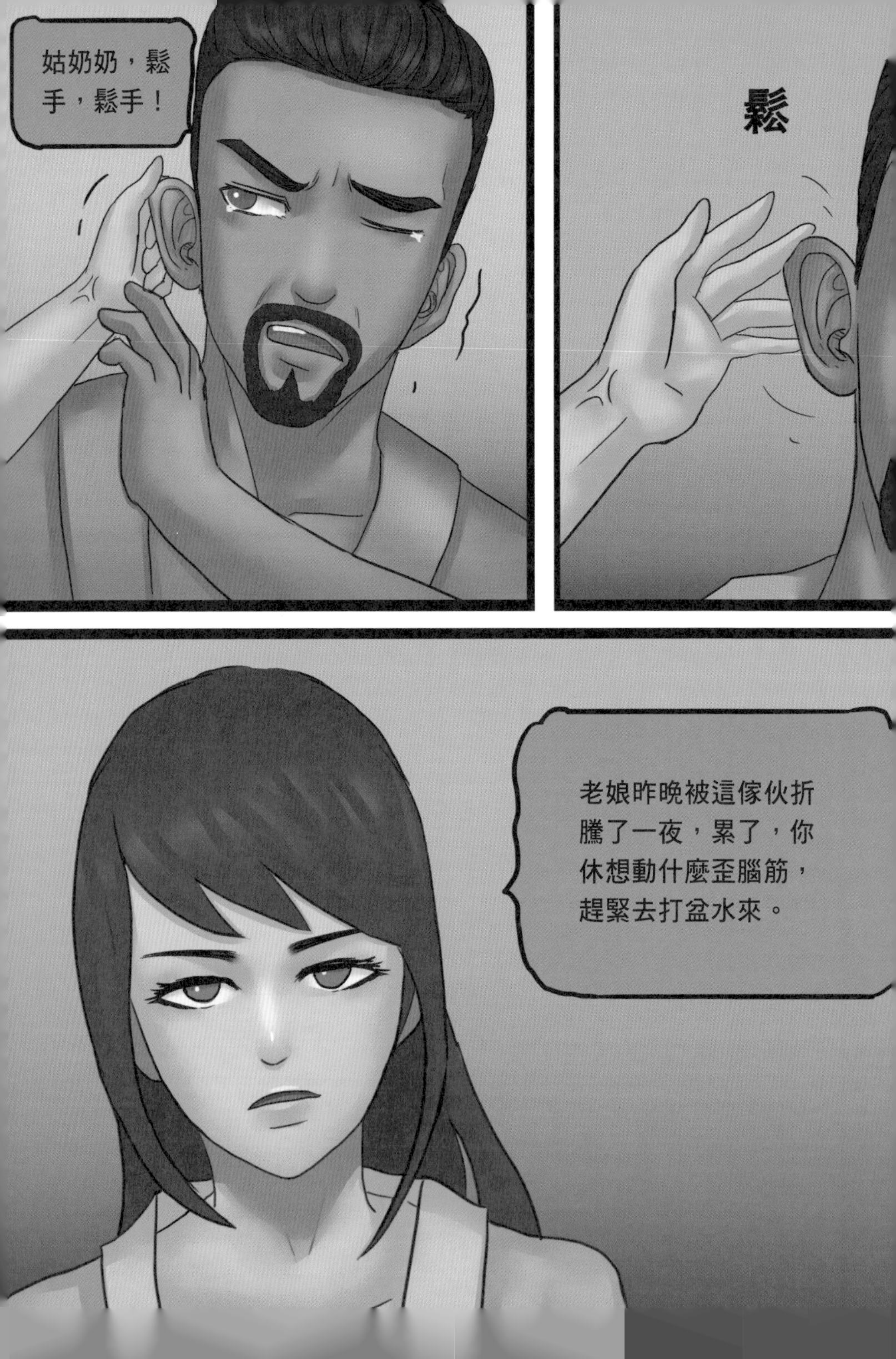
姑奶奶，鬆手，鬆手！
鬆
老娘昨晚被這傢伙折騰了一夜，累了，你休想動什麼歪腦筋，趕緊去打盆水來。

駐足
來者何人？

是老衲
禿驢，你跟著我作甚？
你要去何處？
與你何干?! 你是何人?!

哼，當真和那妖婦一般，瘋癲失常。
你……不認得老衲了？

喂，皇城該怎麼走？

皇城？皇城離這裡挺遠的，在西南方幾十里外的地方呢………
你得順著這條路一直下山，再……
皺眉
罷了罷了，你帶我去！
這……
嗯？
是，是……

哈——哈——
抖
哈——哈——
啪！
好漢饒命，讓俺歇會兒吧，這走了幾個時辰當真是走不動道了。
你個廢物，事兒真多！

你為何還跟著我？
大路通四方，老衲只是恰好跟你一個方向，何來跟著之說？
我要去皇城，你也去皇城？
你也要去皇城？

那就坐那個去，省得你還跟我在這兒喊累叫嚎的。我趕路要緊，休得耽誤！
俠客，見你神情緊張，莫不是皇城發生了何事？

你為何這般問？
哦，老衲只是猜測。
少裝得一副高深莫測的樣子，莫要亂猜，這和你無關。
哎，哎！你作甚！
駕——駕——

混帳！
嗖！—
駕——駕——
駕——駕——

咔！
咴！—
啊啊啊！—

躍
莫下去！

你等出家人不是慈悲為懷，救人為任的嗎？
我得靠他盡快去皇城。
你若要去皇城，老衲領你去便是。
俠客，老衲雲山。這趟去皇城可是要去告知皇上關於異世界的事？

唔啊
異世界……
異世界？我好像聽過一般……
唔啊！！

嘿嘿
唔啊

唰！
!!!
嘖

嗖

!!!
嘩

斷開
嗖——
……

莫煩，有人來了。

不必你個老兒知會，本君知道！

你等何人？
你個凡人好生無禮。
也罷，你能進來這裡，恐怕並非凡人。本君是玉帝，他是閻君。
閻王？

本君且問你……
青蓮，青蓮和喜兒在你這兒！你放了她們，你快放了她們！

相公——
爹爹——

青蓮，喜兒……
本君且問你，你是如何來到這裡的？
讓我見青蓮與喜兒。

他說的，莫非是你鎖在清涼亭的那對母子？

鎖在清涼亭？她們本就是孤魂野鬼，這異世界玄怪異常，是你說要保她們魂魄才讓它們待在清涼亭的，忘得倒是痛快？

天庭

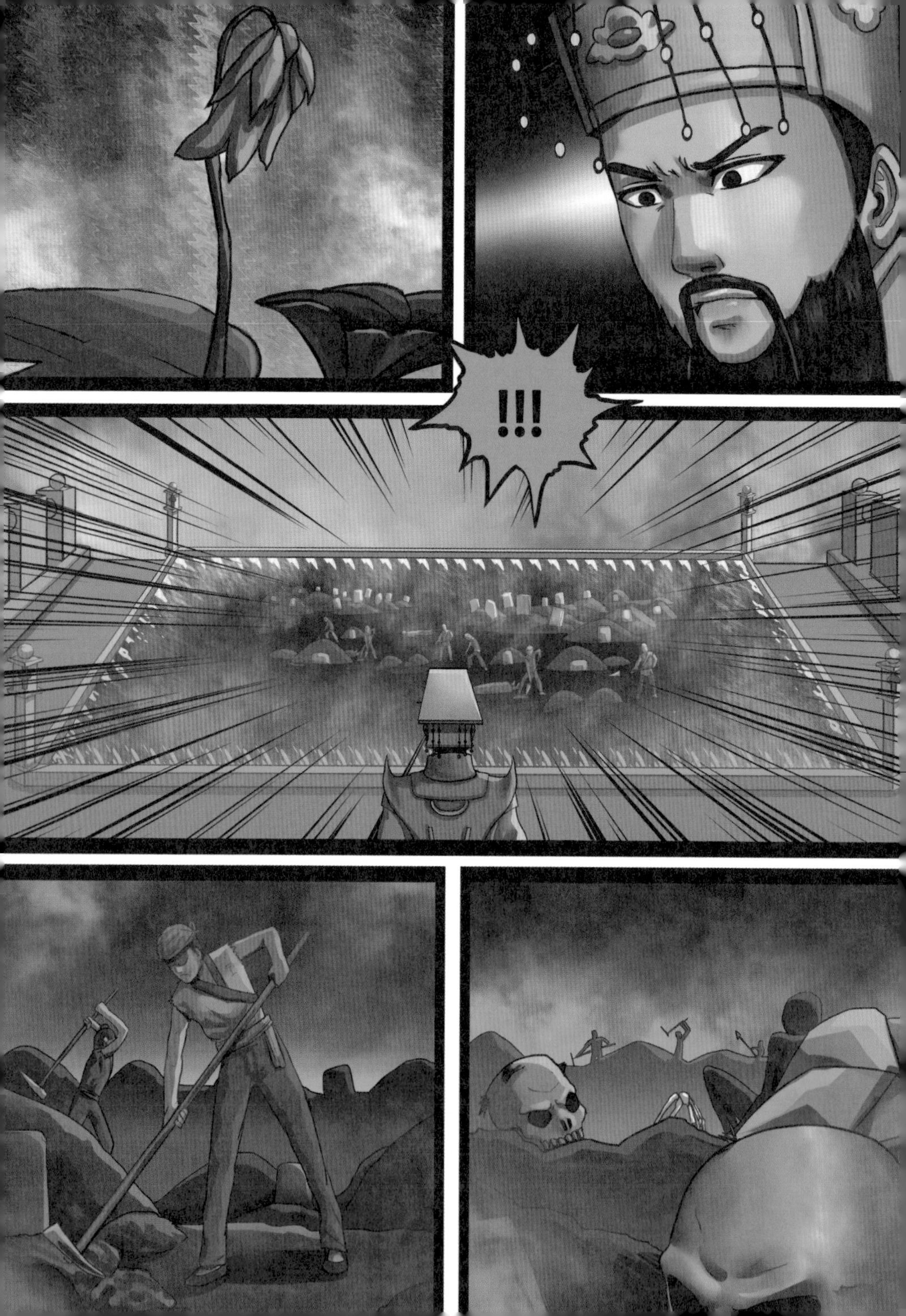

唰——
後退

玉帝？
玉帝？
玉帝？玉帝？
轉頭

玉帝，您怎麼了？
無事。
這已經是第三次了……
萬物有靈，多方世界，本該各處安好，如今卻多次交叉融合……若是繼續如此，會生大亂。

騰起
世人都道神自天上來，那天庭之上可還有神中之神？或許可以解本帝心中憂慮……

!
閻王?!
玉帝老兒?!

你怎會在這？
一番互訴。
本君一路往下，不曾想，地獄之下便是天庭啊？哈哈哈……好笑，太過好笑！

有何好笑的？你竟也看到了異世界之象，難道不擔心這混沌交錯會影響天下蒼生嗎？
我一路天庭往上，他一路地獄往下，居然會遇見？為何會如此？
天下蒼生？切，本君只管得了我那一方地界！

思索
笑
!
定!

閻王你！
既然玉帝老兒你這般擔心，
那本君就去你地界好好幫你
管著，你就莫操心了～
變化
閻王你回來！
你給本帝回來
——

可惡，一時失神
竟被那廝算計！
……
走錯方向了。
變化

片刻後⋯⋯⋯
⋯⋯
⋯⋯
你找不到路了，
是也不是？

我還不信了，再往上邊試試。
衝
扭曲
?

。。。。。。
……
混帳！怎麼天庭去不了地獄也回不去了？!

多嘴什麼，本君初來這邊，一時迷失了方向再正常不過！

那兒！
話說當初，若不是你……本帝也不會幫你善後。
她們娘倆是自個兒在那兒洗澡，與本君無關！

衝!

!
找到出口了沒有？

!
你做甚？
自然是在找出口，
順便處理一些無
關人員。

她們是失魂人，卻出現在這裡，的確可疑。
既然你也說了，她們是鬼魂，自然由本君掌管。

可既然來到這異世界，就都是同界人，要小心對待。
扭
!!!
曲

嘭！
!!!

歡迎來到異世界～
!!!

你個混兒！人之生死由我閻君掌握，何時輪到你插手了?!
扭曲

驟變
!!!

!!!
哼！
嘭!!!

復原
!!!

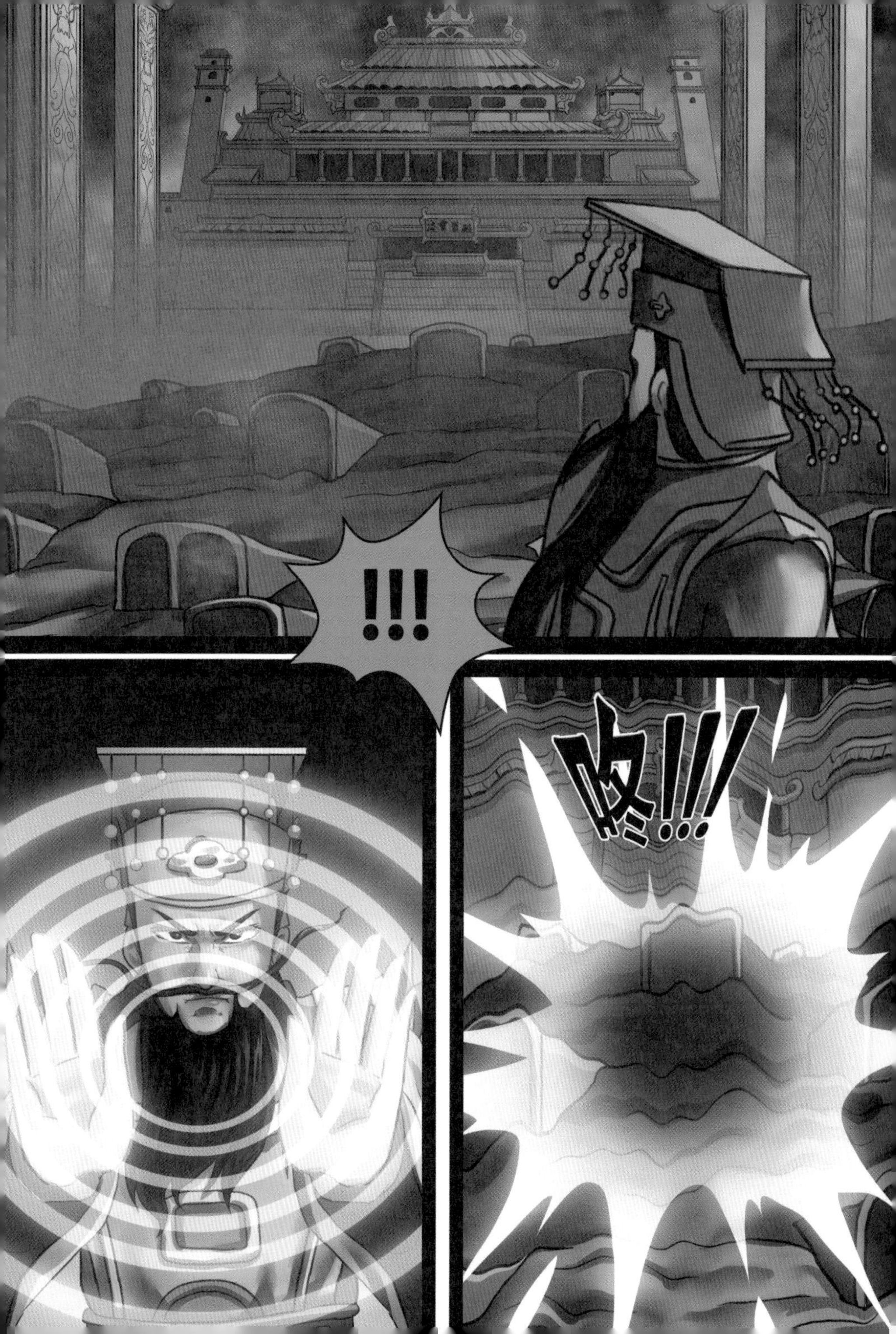
!!!
咚!!!

毫無反應
嘭!!!...
吼!
哈!

潰散!
豈有此理!!

別再做無用之功了。
這就是我為你們做的異世界，如何？是不是比你們原先的世界有意思多了？
我們得盡快離開這裡。

呼——

唰!
走!

你們是逃不出這個異世界的。
讓我見青蓮和我女兒，我就帶你們出去。

娘子！
你相信他的鬼話？
現在你可有更好的辦法？
哼

青蓮，閨女兒……
老子來了……
青蓮，閨女兒……
呆滯……
呆滯……

娘子！我們快走！
救命——無名——

地府
我們當真許久沒見過閻王，你這樣抓著我也是無用啊！
是啊，好漢，我倆沒有騙你，當真當真啊！
休想騙我！你等肯定有辦法聯繫得上閻王，否則這偌大的地獄難不成就是你們的樂園了?!

我等確實不知如何聯繫閻王，
若是知曉早就聯繫上了不是？
不過我們不時會去烈焰池看看
有無閻王的手信。
帶我去！

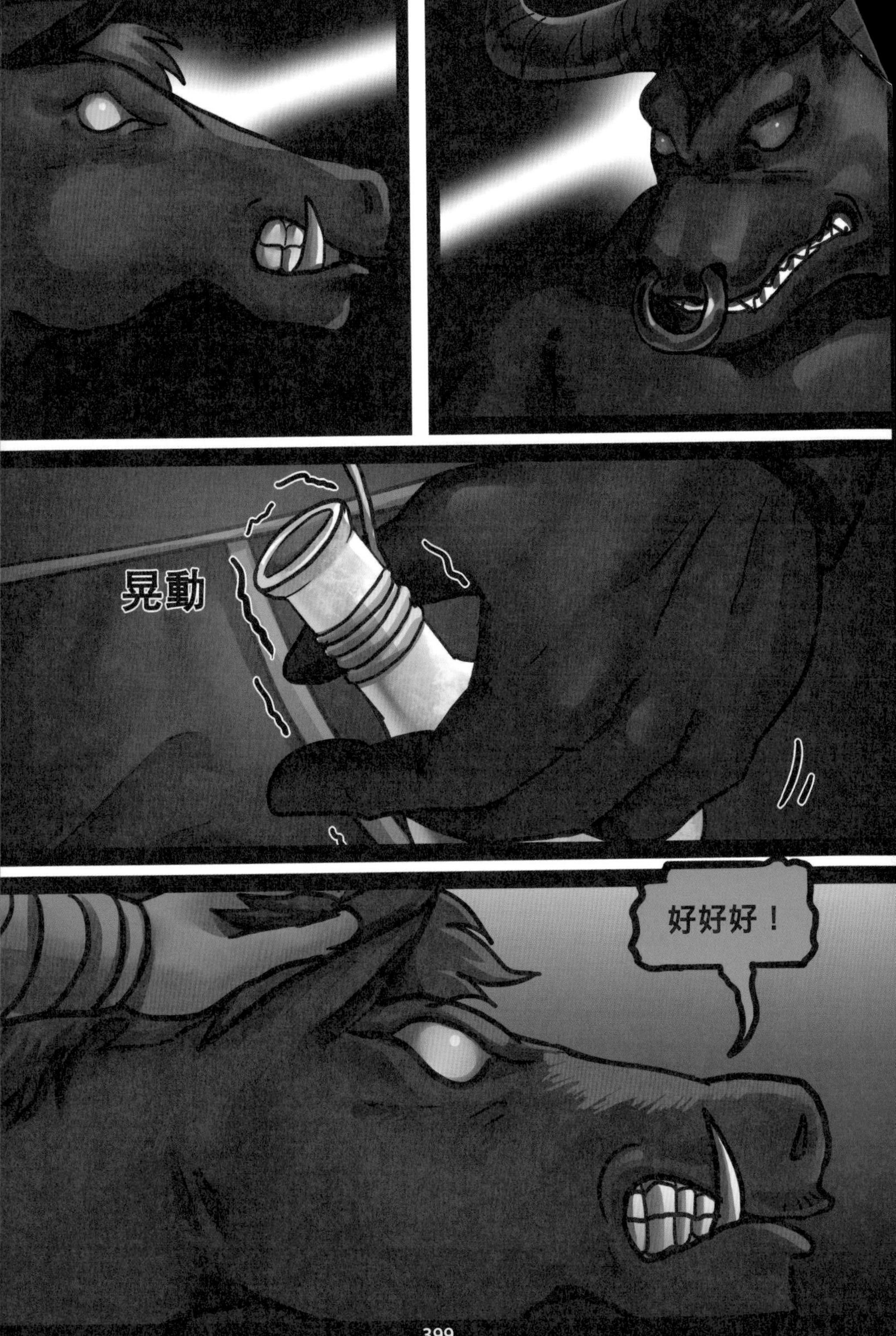
晃動
好好好！

柳飛飛！你作甚！
你們一定又
是要害他！

哼
啪
啊!!

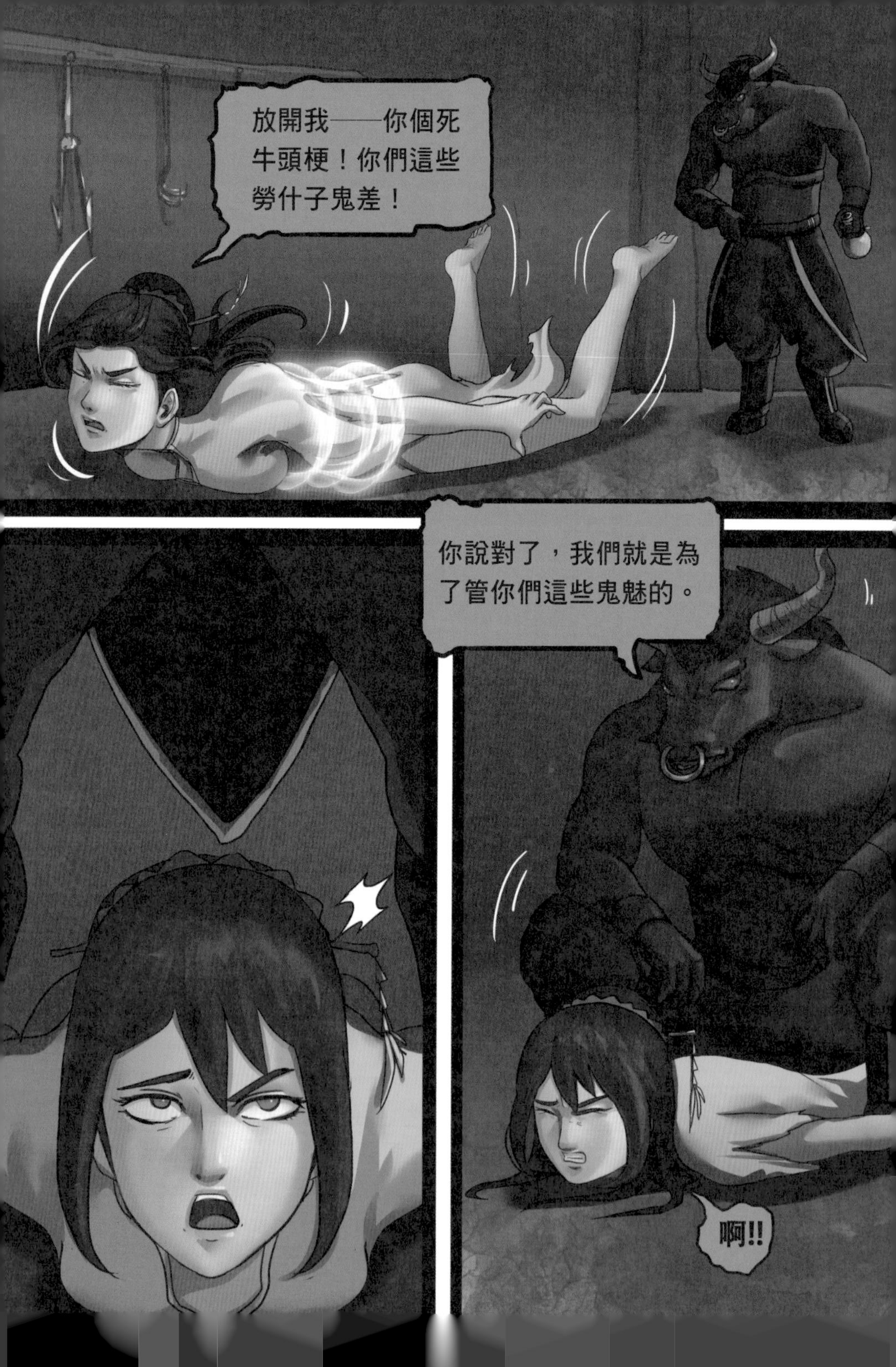
放開我——你個死牛頭梗！你們這些勞什子鬼差！
你說對了，我們就是為了管你們這些鬼魅的。
啊!!

是你那不知好歹的無名來我等地盤撒野！我勸你最好安分一些，別管閒事～這樣，或許能好好疼疼你～
你們，你們想要殺了他？
我們想要永遠留他在這裡。

烈焰池
閻王的手信就在那池水之中，若閻王有信便會在池水裡出現他的黑符。
當真？
自然。

你現在過去。
啊?
怎麼？
誆騙我？
……
這瘋子怎麼不
好騙了呢 ?!

咦？我看到了一個女人，還抱著一個孩子。

青蓮?!
青蓮？青蓮？
嘿嘿......

!!!
噗通！
跟老子在這兒橫?!
來地獄的人誰都別想
活著離開！

哼——!
啊啊啊啊!!!!
啊啊啊
啊啊!!!!

靠！我去解決那瘋子，你卻在這裡尋歡？!
呼呼呼…待會兒換你不就，不就成了？
這還差不多。
他呢，他呢……

啊啊啊！
那烈焰池可是地府焚燒惡鬼的地方，任憑是我等掉進去都只能化成一團黑煙。
啊啊啊！
你的無名哥哥只怕是，呵呵呵……

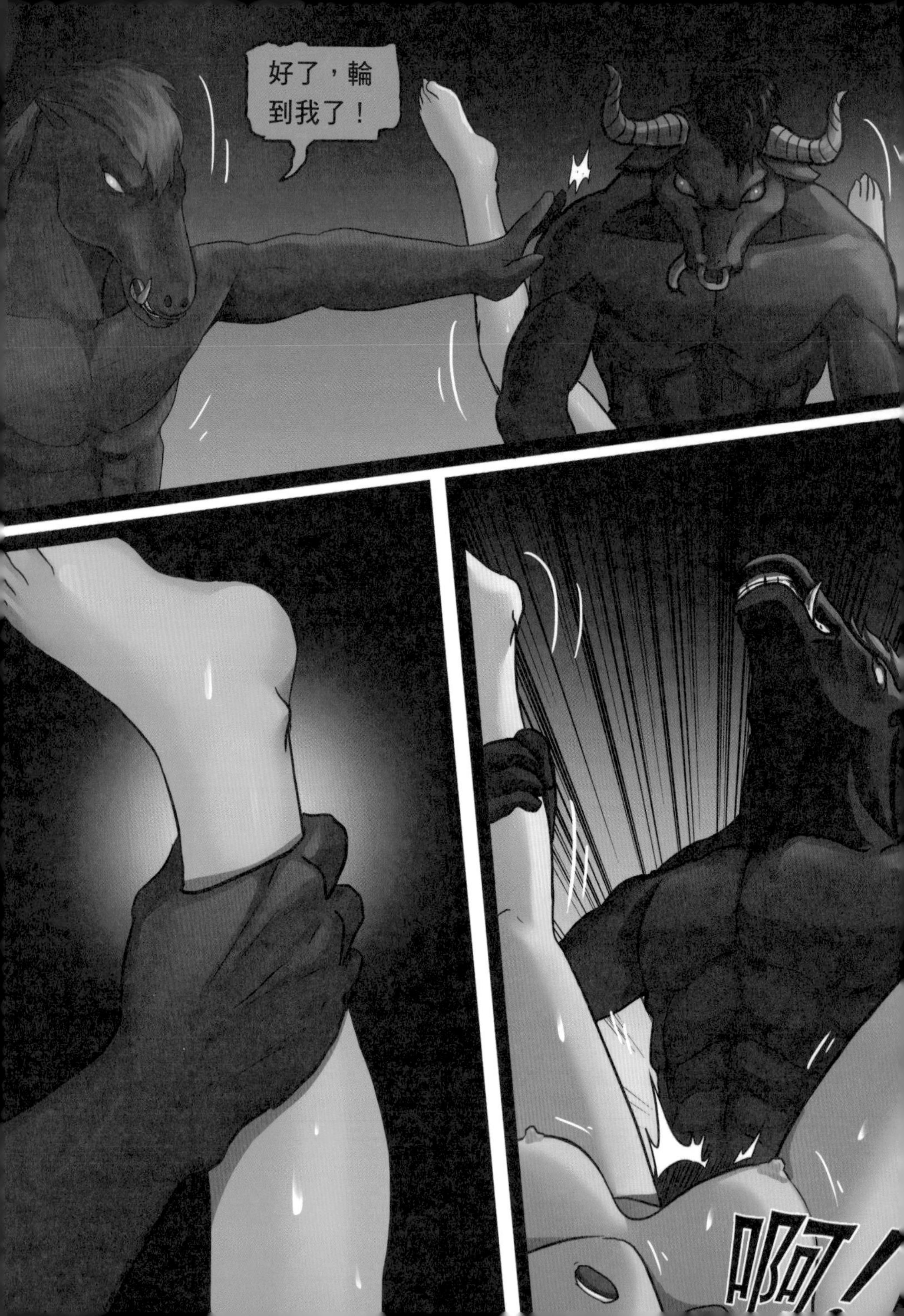
好了，輪到我了！
啊！

托

哈！哈！哈！——

啊!—啊!—啊!——
啊!—啊!—啊!—

啊!——
啊!——
啊!——
血红——

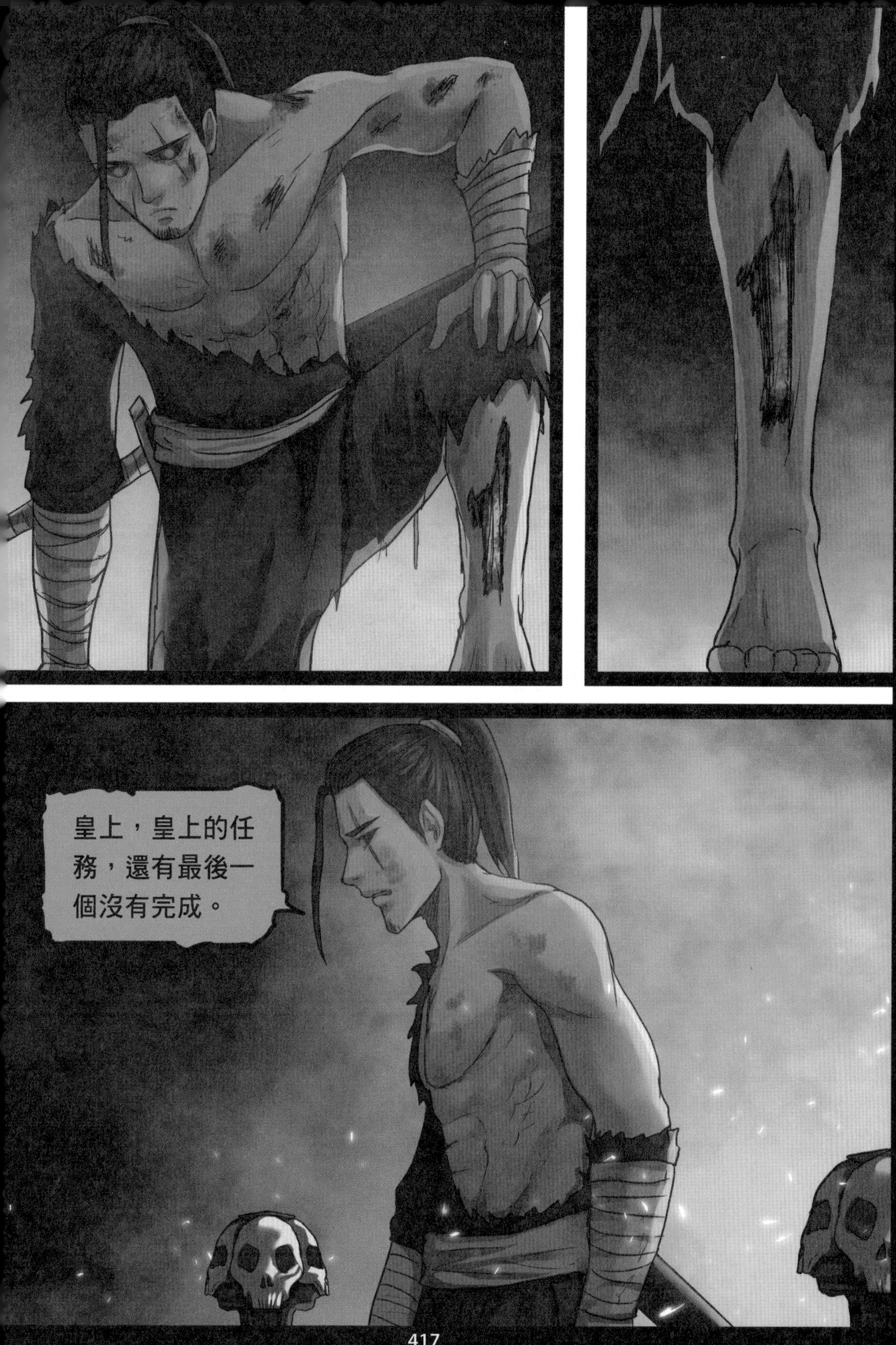
皇上，皇上的任務，還有最後一個沒有完成。

啊啊啊啊啊啊!
啊啊啊啊啊啊啊!
啊啊啊啊啊啊啊!

呼!——呼!——
呼!——呼!——
無，無名……
!

!!
老子明明在這裡，剛才怎麼又會出現在地獄……
!?

不管了。
走！
變化!

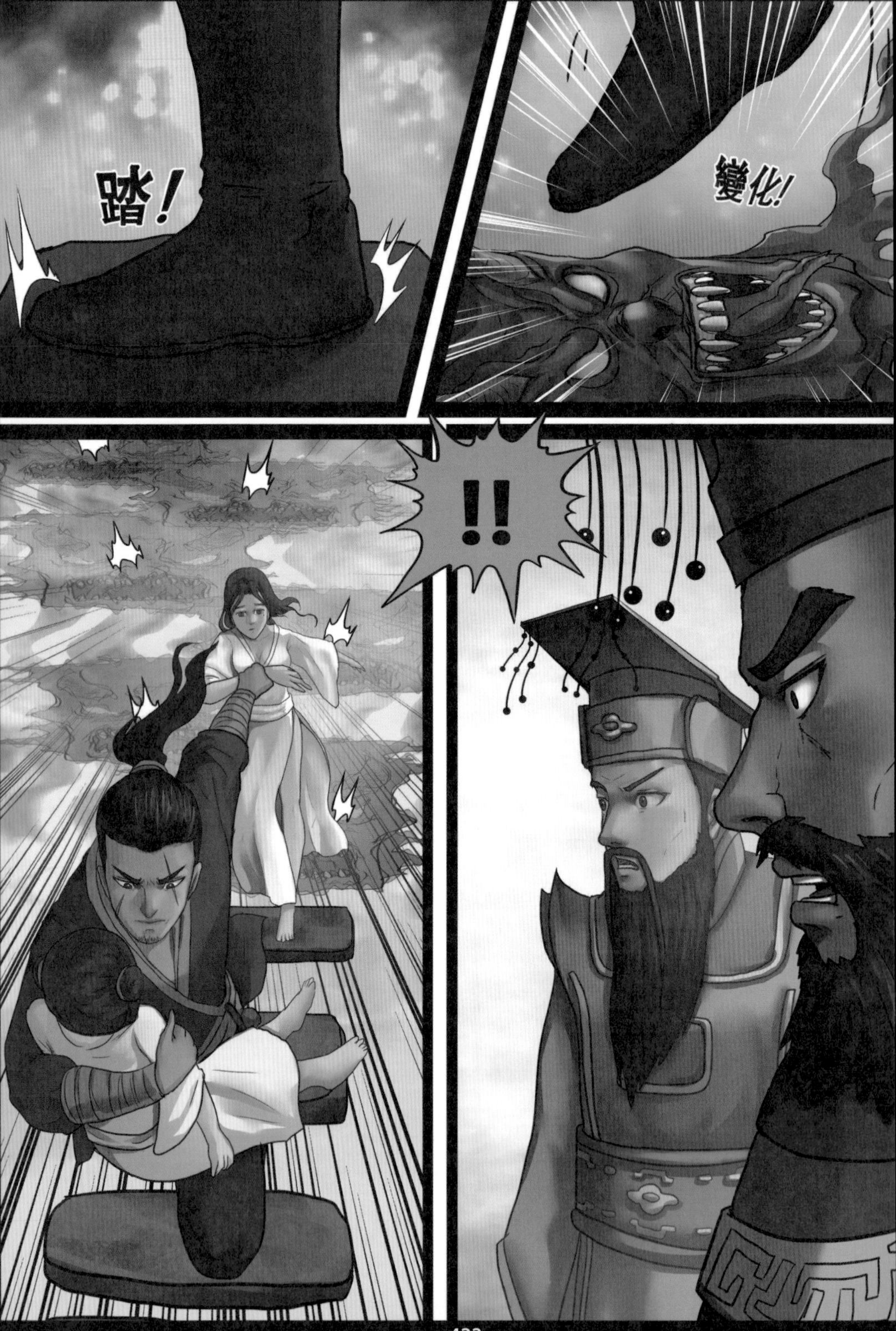
踏！
變化！
!!

他竟可不被這
世界的東西所
影響……
思索

閻王！你！

快帶本君出去！
不行，我還得帶青蓮去看星星！那邊的星星很美！

拖沓什麼？你個凡人好生囉嗦！出去了再看不就好了?!休得廢話！
!!!

莫動我妻兒！
自不量力！
嘭！！

啪！

放肆！
嘭！
喝！

不要再打了！等再把那廝招來誰都出不去！

你們想要出去？休想——
!!!

墜落！
站定

!!!
這又是什麼勞
什子鬼地方！

別再叫喚了！若不是
你自藏心思，我們又
怎地落入這裡？
哼——
你到底能不能出
去？若是不能，
便不指望你！
看來那瘋子是要消
磨我們的意志，活
活逼瘋我們……

意志……
意志……
出竅!

!!?
縮小
本君找到出口了!

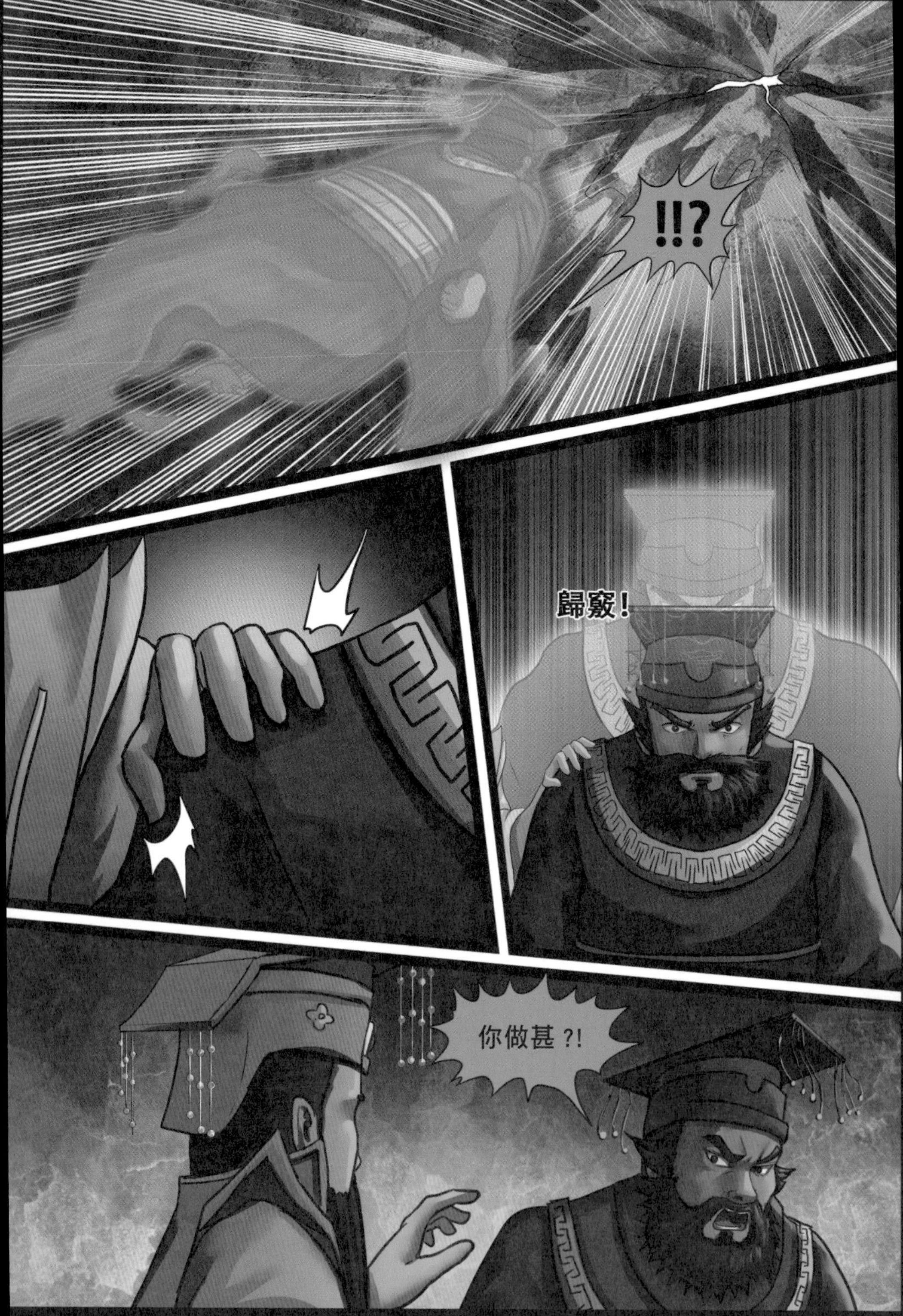
!!?
歸竅！
你做甚 ?!

之前無法找到的出口就這麼容易被你找到，不覺得奇怪？
你到底出不出去？不出，本君就先殺了你等全家，索性都成一家鬼魂去地獄充數。

其實我並不知出口在哪兒。
你說什麼!?
不過既然你等怕死，方才找到的出口，我先出去就是。
那甚好，你先出去，若是可行，我們隨後帶你妻子和閨女一同出去。

抓緊
你可不相信他，但你可相信我。
開始吧。

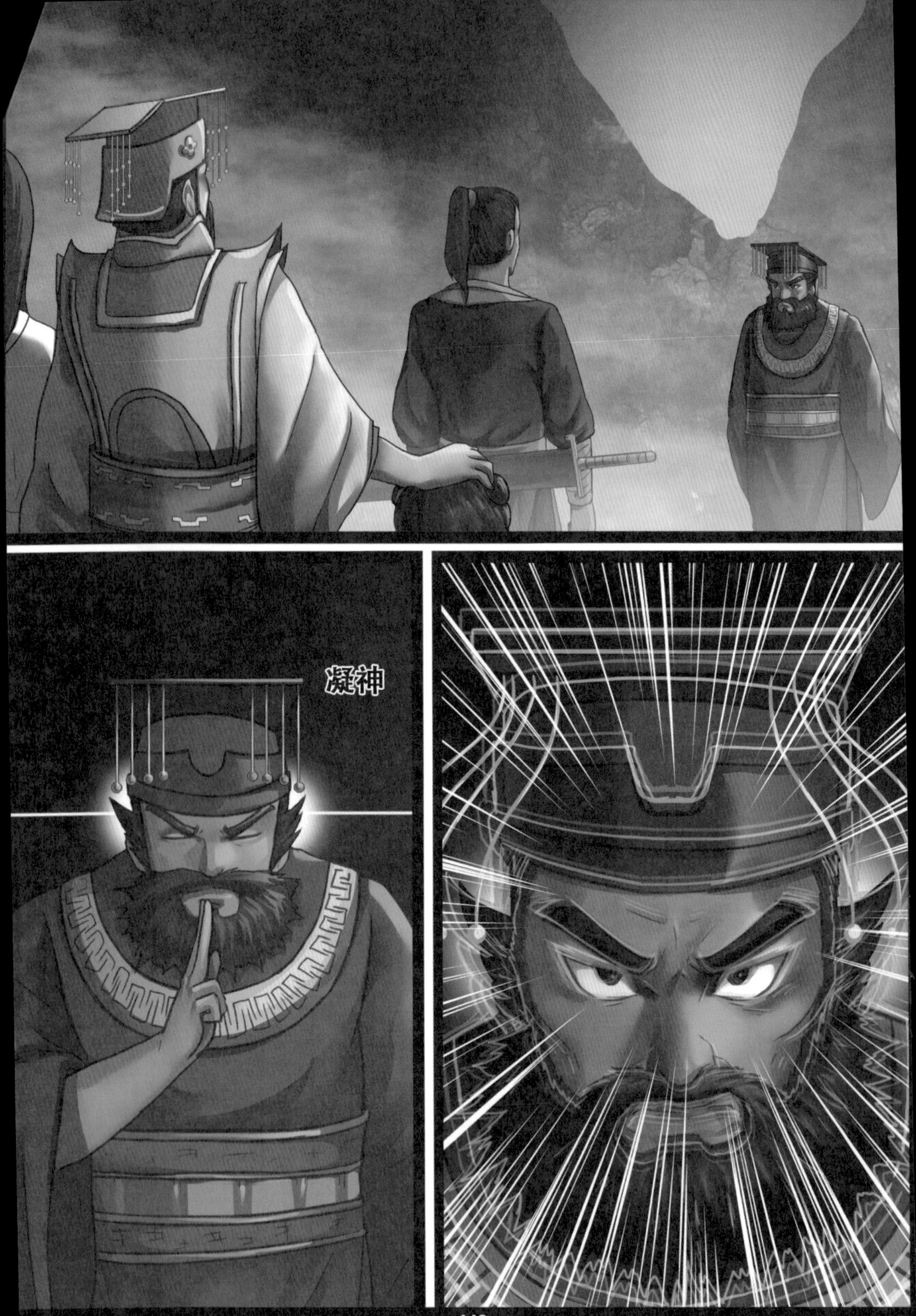
凝神

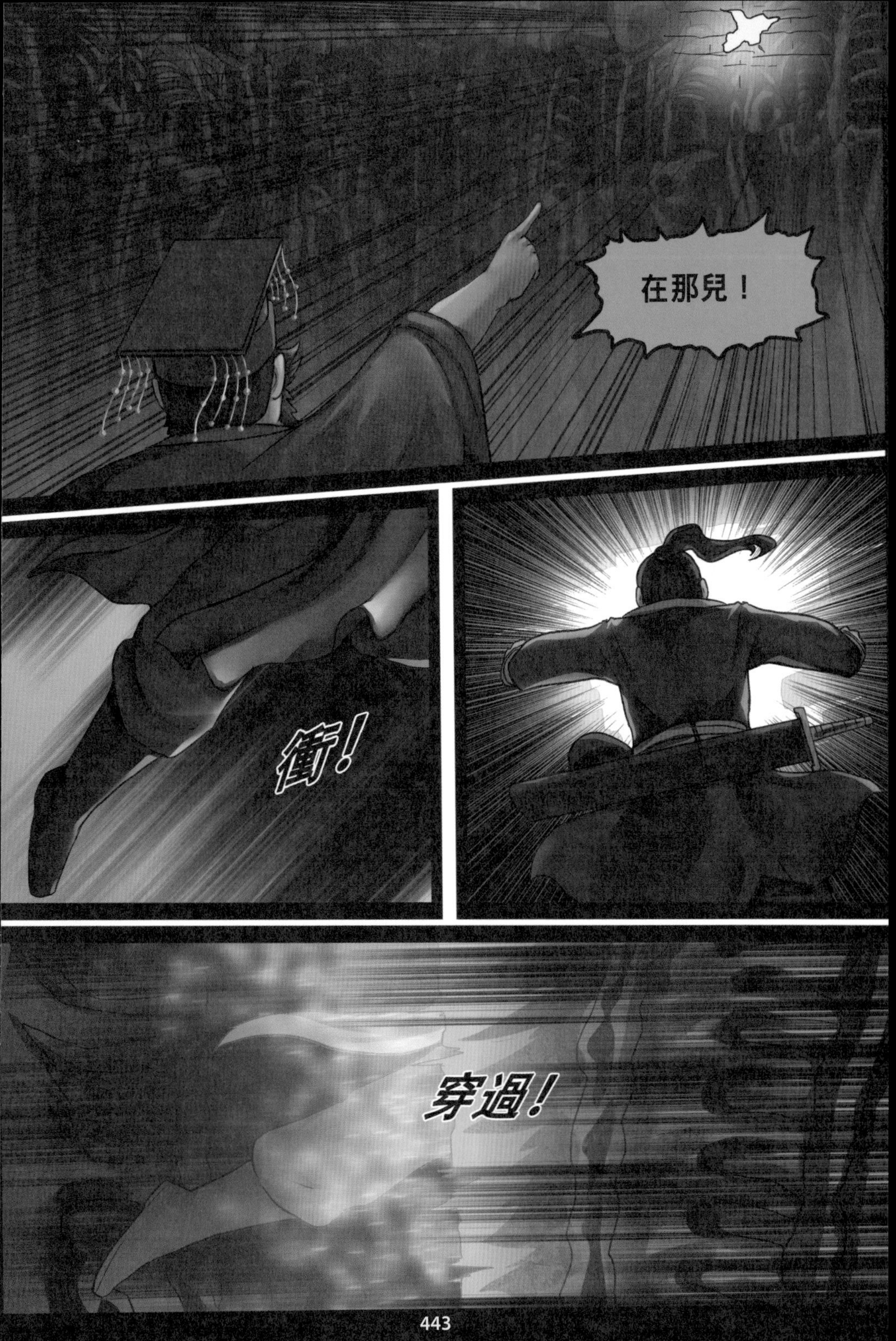
在那兒！
衝！
穿過！

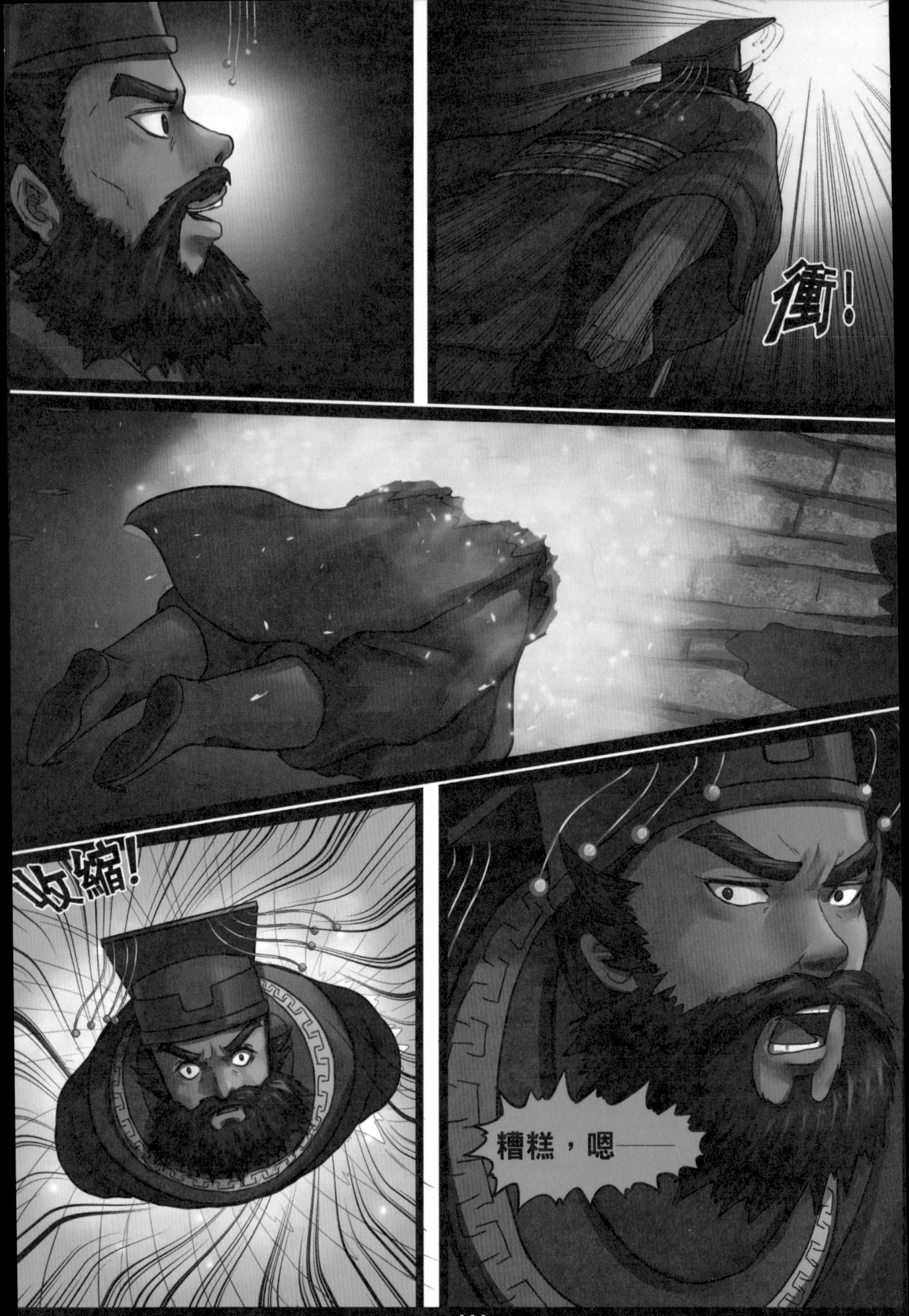
衝！
收縮！
糟糕，嗯——

停住!
怎麼會這樣……
折返!

看來只有他能進出。
若是如此，那他也就沒有活著的必要了。
……
若是我們都附著在他身上，這樣可否能出去？

何意？
幻化
你再試試！

衝！
跳出！
這個方法可行！

折返!
衝!

本君終於出來了！
剛才那個異世界非同小可，本帝要回天庭商量對策，告辭。
喂，這就走了？

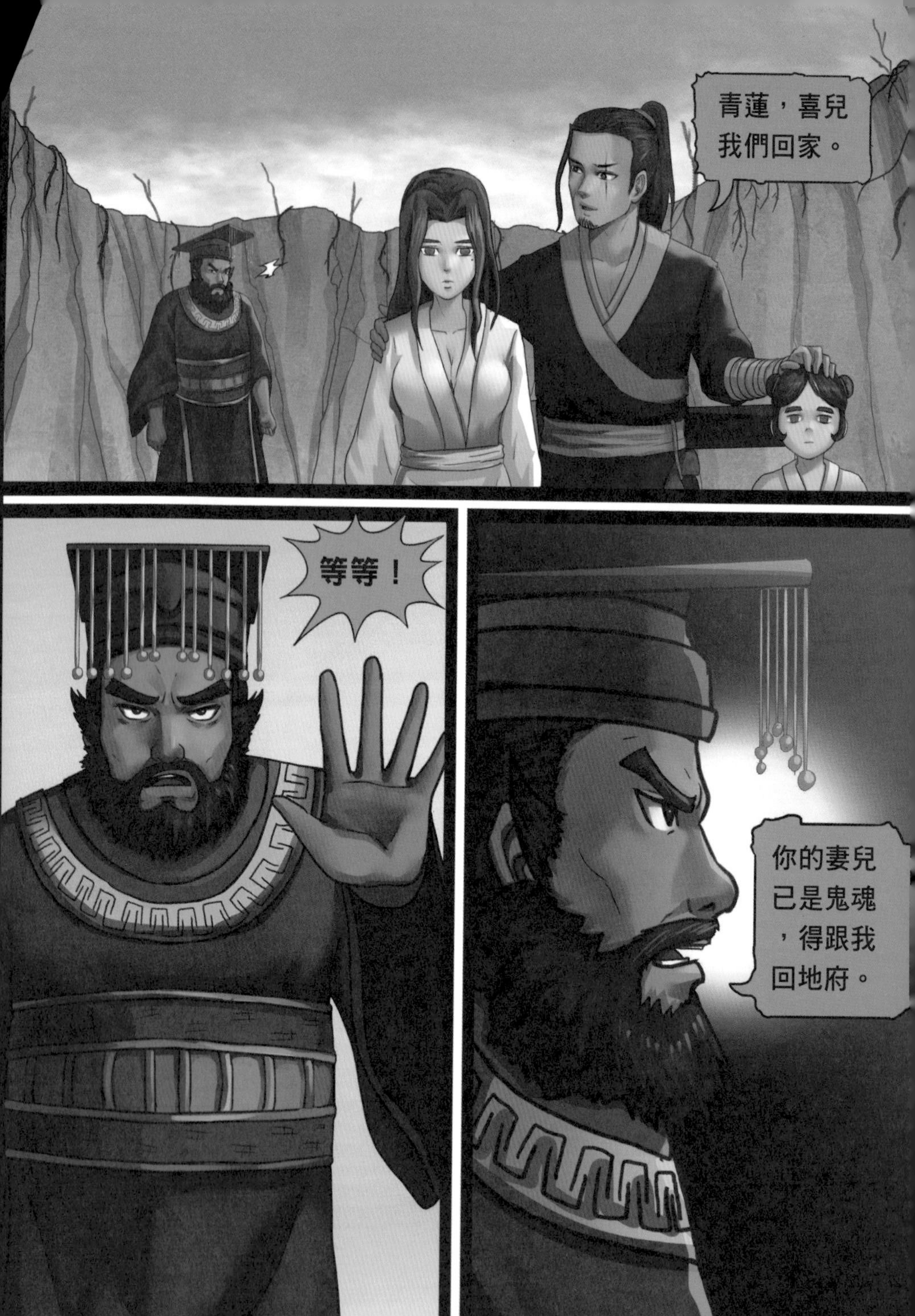
青蓮，喜兒
我們回家。
等等！
你的妻兒
已是鬼魂
，得跟我
回地府。

不行，我要和我妻兒團聚，閻王能否法外開恩？
不可能，除非……
除非什麼？
除非你來地府給本君辦事。

異變！
哇啊啊啊啊啊!!!

鬼迷刀客

作　者／米高貓

美術編輯／了凡製書坊
責任編輯／ twohorses
企畫選書人／賈俊國

總 編 輯／賈俊國
副總編輯／蘇士尹
編　　輯／高懿萩
行銷企畫／張莉滎・蕭羽猜・黃欣

發 行 人／何飛鵬
法律顧問／元禾法律事務所王子文律師
出　　版／布克文化出版事業部
台北市中山區民生東路二段 141 號 8 樓
電話：(02)2500-7008 傳真：(02)2502-7676
Email：sbooker.service@cite.com.tw
印　　刷／凱林彩印股份有限公司
初　　版／ 2021 年 9 月
定　　價／ 399 元

發　　行／英屬蓋曼群島商家庭傳媒股份有限公司城邦分公司
台北市中山區民生東路二段 141 號 2 樓
書虫客服服務專線：(02)2500-7718；2500-7719
24 小時傳真專線：(02)2500-1990；2500-1991
劃撥帳號：19863813；戶名：書虫股份有限公司
讀者服務信箱：service@readingclub.com.tw
香港發行所／城邦（香港）出版集團有限公司
香港灣仔駱克道 193 號東超商業中心 1 樓
電話：+852-2508-6231　　傳真：+852-2578-9337
Email：hkcite@biznetvigator.com
馬新發行所／城邦（馬新）出版集團 Cité (M) Sdn. Bhd.
41, Jalan Radin Anum, Bandar Baru Sri Petaling,
57000 Kuala Lumpur, Malaysia
電話：+603- 9057-8822　　傳真：+603- 9057-6622
Email：cite@cite.com.my

城邦讀書花園　布克文化